을유세계문학전집 · 134

E. E. 커밍스 시 선집

을유세계문학전집 · 134

E. E. 커밍스 시 선집

THE SELECTED POEMS OF E. E. CUMMINGS

E. E. 커밍스 지음 · 박선아 옮김

❖ 을유문화사

옮긴이 **박선아**

한국외국어대학교 객원강의교수. 현대 영미시를 번역하고 연구하고 가르친다. 주로 여성 및 소수자 정체성을 지닌 시인들의 작품을 번역 및 연구하는 포에트리 콜렉티브 '흡사'의 구성원으로 활동 중이다. 옮긴 책으로 뮤리얼 루카이저의 『어둠의 속도』, 마사 누스바움의 『교만의 요새』, 실비아 플라스의 작품집 『낭비 없는 밤들』이 있다.

을유세계문학전집 134
E. E. 커밍스 시 선집

발행일·2024년 7월 25일 초판 1쇄
지은이·E. E. 커밍스 | 옮긴이·박선아
펴낸이·정무영, 정상준 | 펴낸곳·(주)을유문화사
창립일·1945년 12월 1일 | 주소·서울시 마포구 서교동 469-48
전화·02-733-8153 | FAX·02-732-9154 | 홈페이지·www.eulyoo.co.kr
ISBN 978-89-324-0534-6 04840 978-89-324-0330-4(세트)

차례

서곡

I. 아이의 세계

순수의 날들

어른의 동요

XI. 풍자의 대상들

XII. 결말

자기비난

종교적 성향

필멸자의 속삭임

후주곡

일러두기

1. 인명, 지명 등의 외래어 표기는 국립국어원의 외래어 표기법을 따랐으나, 일부 굳어진 표기
   는 예외로 두었다.
2. 미주는 모두 옮긴이 설명이다.
3. 시행의 배열, 시어의 띄어쓰기 및 붙여 쓰기, 붙임표(-)와 줄표(—), 영어 문장부호인 콜론(:)
   과 세미콜론(;), 앤드(&) 기호는 원시의 분위기를 살리고자 원문 그대로 표기했다.
4. 원시에서 대문자로 표기된 부분은 고딕체로, 소문자로 표기된 부분은 드러냄표(˙)로 구분
   했다.
5. 원시를 우리말로 옮기는 과정에서 1행이 2행으로 늘어난 경우에는 2행의 시작 부분을 내
   어쓰기했다.
6. 본서는 리처드 S. 케네디가 엮은 『Selected Poems — E. E. Cummings』(Liveright, 1994)를
   번역 대본으로 삼았으나 난해한 실험성과 주제 면에서 번역 및 현대적인 논의가 불가능한
   시들은 일부 생략하였다.

자기만의

고요한 길을

간

짐을 위하여

서곡

맹렬한 간결함 속으로
삶:
풍금 그리고 **사월**
암흑,친구들

나는 웃으며 나아간다.
머리카락만큼-가느다란
노란 새벽의 색으**로**,
여성의 색으로 물든 황혼 속으로

나는 미소 지으며
미끄러져 간다.   **나는**
붉게 물든 커다란 이별 속으로
헤엄치며,말하기를;

(생각하나**요**?) 그렇다는
대답들,세상은
아마도 장미 & 안녕으로
이루어져 있을 것이다:

(잘있어와,재들로도)

PRELUDE

into the strenuous briefness
Life:
handorgans and April
darkness,friends

i charge laughing.
Into the hair-thin tints
of yellow dawn,
into the women-coloured twilight

i smilingly
glide. I
into the big vermilion departure
swim,sayingly;

(Do you think?)the
i do,world
is probably made
of roses & hello:

(of solongs and,ashes)

I. 아이의 세계

A CHILD'S WORLD

순수의 날들

너는 누구니,작은 나야

(대여섯 살쯤 되어)
어떤 높은 창가에서

내려다보네;십일월의

금빛 해 질 녘

(그리고 느낌:한낮이
밤이 되어야만 한다면

이런 아름다운 방법이 좋아)

Days of Innocence

1

who are you,little i

(five or six years old)
peering from some high

window;at the gold

of november sunset

(and feeling:that if day
has to become night

this is a beautiful way)

2

이제 **막**-
봄   세상이 진흙으로
부드러울 때 작고
절뚝거리는 풍선장수가

휘파람을 분다   멀리서   휘이

그리고 이디와빌이 달려
온다 구슬놀이를 하다가
해적놀이를 하다가 그러니
봄이다

세상이 물웅덩이인 경이로운 시절

그 이상한
늙은 풍선장수가 휘파람을 분다
멀리   서   휘이
그러면 베티와이스벨이 춤추며 온다

사방치기를 하다 줄넘기를 하다 그러면

2

in Just-

spring   when the world is mud-

luscious the little

lame balloonman

whistles   far   and wee

and eddieandbill come

running from marbles and

piracies and it's

spring

when the world is puddle-wonderful

the queer

old balloonman whistles

far   and   wee

and bettyandisbel come dancing

from hop-scotch and jump-rope and

봄
이다
그리고
　　　그

　　　염소발'의

풍선**장수**는　　휘파람을 분다
멀리
서
휘이

it's

spring

and

 the

  goat-footed

balloonMan whistles

far

and

wee

3

무딘 것을 날카롭게 하는 이
여기 단 한 사람이 오네
태양이 사라지게끔
그의 종소리를 상기시키며

그리고 집 밖으로 쏟아진다
처녀들이 엄마들이 과부들이 부인들이
그들의 가장 오래된 생인
이 손님을 데리고

누군가는 그에게 미소를 짓고
누군가는 눈물로 답하며
누군가는 아예 아무것도 주지 못하지만
그는 단 한 번 신경 쓰는 것 같지 않다

그는 이다를 있다로 날카롭게 하고
말하다를 노래하다로 날카롭게 하느라
거의 엄지손가락을 벨 뻔하고
너무도 정확하게 잘못을 날카롭게 한다

그들의 삶이 간절할 때면

3

who sharpens every dull
here comes the only man
reminding with his bell
to disappear a sun

and out of houses pour
maids mothers widows wives
bringing this visitor
their very oldest lives

one pays him with a smile
another with a tear
some cannot pay at all
he never seems to care

he sharpens is to am
he sharpens say to sing
you'd almost cut your thumb
so right he sharpens wrong

and when their lives are keen

그는 세상에 입맞춤을 날리고
그의 바퀴를 등에 걸고는
길을 떠난다

하지만 우리의 태양이 이제 갔대도
우리는 여전히 그의 소식을 들을 수 있다
달 하나를 다시 나타나게 할
그의 종을 떠올리면

he throws the world a kiss

and slings his wheel upon

his back and off he goes

but we can hear him still

if now our sun is gone

reminding with his bell

to reappear a moon

4

오 태양이 위로-위로-위로 뜬다 열린

하늘로(그 모든
어떤 즐거운 매 예쁜 각각의

새가 노래하고 새들이 노래한다
즐겁고-즐거워져라 왜냐하면 오늘은 오늘이니까)그
활기가 나를 불러 대고 그 내가 가르랑거린다

당신과 그 점잖은
이는-뿔로 말하며-음메에에 외치고
(쾅쾅쿵쿵 남기는 세 번의 하얀
깡충거림)

꿀꿀끼끼 씰룩쎌룩
우적우적 와작와작 우쩍우쩍 그렇지
점박이 걸음걸이는 벅벅 그리고
박박-긁긁

그리고 북북(그러는 동안
아냐-그녀는-그래-그가 뭉게뭉게 수근

4

O the sun comes up-up-up in the opening

sky(the all the
any merry every pretty each

bird sings birds sing
gay-be-gay because today's today)the
romp cries i and the me purrs

you and the gentle
who-horns says-does moo-woo
(the prance with the
three white its stimpstamps)

the grintgrunt wugglewiggle
champychumpchomps yes
the speckled strut begins to scretch and
scratch-scrutch

and scritch(while
the no-she-yes-he fluffies tittle

소근 그가-그랬니-그녀가-그러니)& 그

꼬끼오 꼬꼬 구구
수탉이 크게 운다

으르렁○○

tattle did-he-does-she)& the

ree ray rye roh

rowster shouts

rawrOO

5

매기와 밀리와 몰리와 메이가
해변으로 갔어요(어느 날 놀고 싶어서)

매기가 조개껍데기 하나를 발견했는데
문제가 뭐였는지 기억할 수 없을 정도로 달콤한 노래를
불렀다,그리고

밀리는 발 묶인 별과 친구가 되었는데 그 별의
빛은 나른한 다섯 손가락이었고;

몰리는 끔찍한 것으로부터 쫓겼는데
그게 비눗방울을 불면서 옆으로 달렸다:그리고

메이는 매끈하고 동그란 돌을 갖고 집에 왔는데 그 돌은
세계만큼 작았고 혼자만큼 컸어요.

우리가 무엇을 잃든(당신 하나든 나 하나든)
우리가 바다에서 찾는 것은 늘 우리 자신이지요

5

maggie and milly and molly and may
went down to the beach(to play one day)

and maggie discovered a shell that sang
so sweetly she couldn't remember her troubles,and

milly befriended a stranded star
whose rays five languid fingers were;

and molly was chased by a horrible thing
which raced sideways while blowing bubbles:and

may came home with a smooth round stone
as small as a world and as large as alone.

For whatever we lose(like a you or a me)
it's always ourselves we find in the sea

6

이 거리의 끝에서 숨을 헐떡거리는 오르간이 좀먹은 선율을 연주하고 있다.   퉁퉁한 손 하나가 크랭크를 돌린다;상자가 정령들을 내뱉고,거기서 뚱한 집요정들이 둔탁하게 넘어지고,그 작은 상자는 깔끔한 햇살 위로 산패한 요정들을 쏟아 내는데 꽃에 시달리는 지저분한 대기는 날래게 우글거리는 음파 생명체들로 더러워져 있다.

─아이들은,겁먹은 둥그런 얼굴로 서서 노려보고 있다,추레하고 작은데 웃으면서 절박하게 크랭크를 쥔 남자를,돌리고 돌리며 그 기묘한 원숭이를 가리키고 있는

(당신이 동전 하나를 던지면 그 원숭이는 똑똑하게 그걸,공중에서 집어 들어 대단히 자그마한 주머니에,진지하게 집어넣을 것이다)가끔 그는 돈 한 푼을 잡지 않는데 그때면 그의 주인이 노래 너머로 고함을 지르며 작은 끈을 획 잡아당겨 원숭이는 곧추,앉아, 당신을,본다 침통하게 깜빡거리지만 절대웃지않는눈으로 그리고 그렇게 그가 일,페니나 삼,페니나 몇 페니를 붙잡고 나면 그에겐 땅콩 한 알이 던져진다(그는 요령 있게 자기 입으로,껍질을 까서 장난감 같은 작은 손으로,조심스럽게,쥔다)그리고 나서 그는 뻣뻣하ㄱ게 껍질을 던져 버리는데 예의 그 작고 지루하

6

at the head of this street a gasping organ is waving
moth-eaten tunes. a fattish hand turns the crank;the
box spouts fairies,out of it sour gnomes tumble clumsi-
ly,the little box is spilling rancid elves upon neat sun-
light into the flowerstricken air which is filthy with agile
swarming sonal creatures

—Children,stand with circular frightened faces glaring at
the shabby tiny smiling,man in whose hand the crank
goes desperately,round and round pointing to the
queer monkey

(if you toss him a coin he will pick it cleverly from,the
air and stuff it seriously in,his minute pocket)Sometimes
he does not catch a piece of money and then his
master will yell at him over the music and jerk the little
string and the monkey will sit,up, and look at,you with
his solemn blinky eyeswhichneversmile and after he
has caught a,penny or three,pennies he will be thrown
a peanut(which he will open skilfully with his,mouth
carefully holding,it,in his little toylike hand)and then

다는 태도로 아이들을 웃게 한다.

하지만 나는 아니다, 그 크랭크가 돌아가며 퉁퉁하고 신
비로운 다 닳은 상자에서 절박한 요정들과 가망 없는 집요
정들과 제정신 아닌 정령들이 쏟아져 나오고 꽃에 질려 버
린 햇빛은 현기증 일 만큼 점점 두터워지며 부드럽게 거리
를 뒤감고 아이들과 원숭이와 오르간과 그 사람은 형편없
는 멜로디가 전율하는 안개 속에서 천천히 춤을 추며 위아
래로 휘청거린다……아주 작게 죽은 곡조가 내 얼굴로 내
머리칼로 기어 올라오는데 절단된 노래들과 미세한 것들
이 내 귀에 지천이어서 썩어 가는 미립자들이 서로를 희미
하게 밀친다,
            그리고
                    나는 작은 끈의 당김을 느낀다!그 작고
웃는 누추한 남자가 음악 너머로 고함을 지르고 나는 그를
이해하고 나는 내 동그랗고 빨간 모자를 다시 머리에 눌러
쓰고 나는 똑바로 앉아 당신에게 눈을 깜빡인다 절대 웃지
않는눈을 근엄하게 뜨고

그렇다,신이시여.
왜냐하면 나는 그들이 손가락질하는 작고 늙고 인형 같은
얼굴과 오우거 같은 부숭한 팔과 민첩한 손가락을 가진 고
무 색깔 손과 발과 그 자체로홀로 살아 있는 놀라운 꼬리를

he will stiff-ly throw the shell away with a small bored
gesture that makes the children laugh.

But i don't,   the crank goes round desperate elves and
hopeless gnomes and frantic fairies gush clumsily from
the battered box fattish and mysterious the flowerstricken
sunlight is thickening dizzily is reeling gently the street
and the children and the monkeyandtheorgan and the
man are dancing slowly are tottering up and down in a
trembly mist of atrocious melody....tiniest dead tunes
crawl upon my face my hair is lousy with mutilated sing-
ing microscopic things in my ears scramble faintly tickling
putrescent atomies,

                    and

                         i feel the jerk of the little
 string!the tiny smiling shabby man is yelling over the
music i understand him i shove my round red hat back
on my head i sit up and blink at you with my solemn
eyeswhichneversmile

yes,By god.
for i am they are pointing at the queer monkey with a
little oldish doll-like face and hairy arms like an ogre

가진 기묘한 원숭이니까.(그가 나에게 작은 빨간 코트를
입혔는데 거기엔 진짜 주머니가 있고 우스꽝스러운 동그
란 모자엔 커다란 깃털이 나의그의 턱에 묶여 있다)   그
게 기어오르고 소리 지르고 달려 나가고 떠다닌다 마치 줄
끝에 선 장난감처럼

and rubbercoloured hands and feet filled with quick

fingers and a remarkable tail which is allbyitself alive.

(and he has a little red coat with i have a real pocket in

it and the round funny hat with a big feather is tied un-

der myhis chin.)   that climbs and cries and runs and

floats like a toy on the end of a string

7

심장이 어둠이어서 입을 열지 않는 사람들,
작은 순수가 그들을 노래하게 만든다;
보는 법을 배우지 못한 그들에게 보는 법을 가르친다
—모든 것의 실체로부터 아무것도

실은 빛나는 전체를 들어 올리지 못할 것이다;
순선한 절망을 극도로 완벽한 명랑으로도,
없는 곳에서 여기로, 절대에서 아름다움으로도:
작은 순수가 하루를 창조한다.

그리고 작은 순수 없이 생각되고 행동되고 빌어진
무언가는, 비록 그것이
공포만큼 빨갛고 운명만큼 초록이어도,
회색으로 실패하여 칙칙하게 사라질 것이다—

하지만 막대한 죽음 자체의 그 교만한 힘도
작은 순수에 비할 것은 아니어서

7

who were so dark of heart they might not speak,
 a little innocence will make them sing;
teach them to see who could not learn to look
—from the reality of all nothing

will actually lift a luminous whole;
turn sheer despairing to most perfect gay,
nowhere to here,never to beautiful:
a little innocence creates a day.

And something thought or done or wished without
a little innocence,although it were
as red as terror and as green as fate,
greyly shall fail and dully disappear—

but the proud power of himself death immense
is not so as a little innocence

어른의 동요

1

오 그나저나
누가 봤을까
삭은 너-나
초록 언덕에
서서 파랑에
소원을 던지는

훅 떨어지고 확 꽂히게
그의 소원이 날았지
(그건 물고기처럼 뛰어들었고
꿈처럼 기어 올라왔어)
심장처럼 팔딱거리고
불꽃처럼 노래했지

파랑이 내 걸 가져갔어
저 너머 훨씬 너머에
저 높이도 한참 높이에

Adult Nursery Rhymes

1

o by the by

has anybody seen

little you-i

who stood on a green

hill and threw

his wish at blue

with a swoop and a dart

out flew his wish

(it dived like a fish

but it climbed like a dream)

throbbing like a heart

singing like a flame

blue took it my

far beyond far

and high beyond high

더 파랑은 네 것을 가져갔지만
가장 파랑은 우리의 것을
가져갔지

참으로 훌륭한 것이
끈의 끄트머리인 곳으로부터
(작은 너-나가 중얼거린다
그 언덕이 사라지는 동안)
그리고 누군가 내게 말해 주겠니
왜 사람들은 놓아 버리는지

bluer took it your
but bluest took it our
away beyond where

what a wonderful thing
is the end of a string
(murmurs little you-i
as the hill becomes nil)
and will somebody tell
me why people let go

2

만약 이루어질 수 없는 일이 벌어진다면
(그리고 무언가가
책이 구상한 것보다
더 올바르다면)
가장 멍청한 선생도 거의 짐작할 것이다
(우리가 가는 길을
날리고
넘겨 가면서 그렇지)
하나만큼 중요한 건 아무것도 없다고

하나는 왜인지도 왜냐하면도 그럼에도도 가져 본 적 없고
(봉오리들도
자라지 않는
책보다 많이 알아)
하나가 가진 오래된 존재는 모든 것의 새것으로 존재해
(무엇과
어떤 것으로
우리는 누구를 향해 오는가)
하나의 모든아무것이 그렇다

그래 세상은 이파리 한 장이고 그래 나무는 가지지

2

if everything happens that can't be done

(and anything's righter

than books

could plan)

the stupidest teacher will almost guess

(with a run

skip

around we go yes)

there's nothing as something as one

one hasn't a why or because or although

(and buds know better

than books

 don't grow)

one's anything old being everything new

(with a what

which

around we come who)

one's everyanything so

so world is a leaf so tree is a bough

(새들은 어떻게를 말하는
책보다 더 달콤하게
노래해)
그래 여기 방법이 있고 그래 너의 것은 나의 것
(내려갔다가
올랐다가
다시 한번 날고)
영원히는 지금까지 어느 때도 아니었지

이제 나는 너를 사랑하고 너는 나를 사랑하고
(그리고 책은
책이 될 수 있는 것보다
더 닫혀 있다)
높은 곳 깊숙이는 오직 낙하만 하며
(각각
소리를 지르며
주위를 돌아가고)
저기 누가 우리냐고 외치는 사람이 있다

우리는 심지어 태양보다도 더 밝은 아무것이다
(우리는 책이
의미할 수 있는 것보다
더 훌륭한 모든 것)

(and birds sing sweeter

than books

tell how)

so here is away and so your is a my

(with a down

up

around again fly)

forever was never till now

now i love you and you love me

(and books are shuter

than books

can be)

and deep in the high that does nothing but fall

(with a shout

each

around we go all)

there's somebody calling who's we

we're anything brighter than even the sun

(we're everything greater

than books

might mean)

우리는 믿을 수 있는 것보다 나은 모든아무것이다
(돌고
튀어 오르고
살아 있지 우리는 살아 있지)
우리는 훌륭한 하나 곱하기 하나

we're everyanything more than believe

(with a spin

leap

alive we're alive)

we're wonderful one times one

3

자유가 곧 아침식사이듯이
혹은 진실이 옳고 그름과 함께 살 수 있듯이
혹은 두더지 언덕이 산이 만들어 낸 것이듯이
—충분히 오래 참으로 오래
존재는 보이는 것들의 집세를 낼 것이고
천재는 재능있는자들을 즐겁게 해 주며
물은 불을 가장 잘 부추길 것이다

모자걸이가 복숭아나무로 자라듯이
혹은 희망이 대머리 남자의 머리 위에서 춤을 가
장 잘 추듯이
그리고 모든 손가락이 발가락이듯이
그리고 모든 용기가 두려움이듯이
—충분히 오래 참으로 오래
불순한 자가 모든 것을 순수하게 생각하고
아이들이 물리면 말벌은 울부짖을 것이다

혹은 보고 있는 자들이 눈 먼 이듯이
울새는 단 한 번도 봄을 환영하지 않듯이
편평한사람들이 자기들 세계는 둥글다고도 하지
않듯이

3

as freedom is a breakfastfood

or truth can live with right and wrong

or molehills are from mountains made

—long enough and just so long

will being pay the rent of seem

and genius please the talentgang

and water most encourage flame

as hatracks into peachtrees grow

or hopes dance best on bald men's hair

and every finger is a toe

and any courage is a fear

—long enough and just so long

will the impure think all things pure

and hornets wail by children stung

or as the seeing are the blind

and robins never welcome spring

nor flatfolk prove their world is round

nor dingsters die at break of dong

and common's rare and millstones float

댕소리가 동이 튼다고 죽지 않듯이*
평범이 희귀하고 맷돌이 편평하지 않듯이
―충분히 오래 참으로 오래
내일이라고 너무 늦은 건 아닐 것이다

벌레들은 말들이지만 기쁨은 목소리여서
아래로 무언가 내려는 가고 위로 누군가 올라는 와도
가슴은 가슴일 것이고 허벅지는 허벅지일 것이고
행위는 삶이 할 수 있는 것들을 꿈꿀 수 없으되
―시간은 나무 한 그루(이 삶은 이파리 한 장)
사랑은 하늘이고 나는 당신을 위해 있다
참으로 오래다 충분히 오래다

—long enough and just so long

tomorrow will not be too late

worms are the words but joy's the voice

down shall go which and up come who

breasts will be breasts thighs will be thighs

deeds cannot dream what dreams can do

—time is a tree(this life one leaf)

but love is the sky and i am for you

just so long and long enough

4

어떤 바람의 어떤 많은 부분이
여름의 거짓에 진실함을 준다면 어떨까;
어지러운 잎사귀의 붉음이 태양을 떠나고
영생하는 별들을 엉망으로 뒤틀리게 한다면?
왕을 거지로 여왕을 허울로 **바꿔라**
(친구는 악당으로 바꾸고;공간은 시간으로 바꿔라)
—하늘이 목매달고 바다가 잠겨도,
단 하나의 비밀은 여전히 인간일 터

호리호리한 바람의 울부짖음이
소리 지르는 언덕을 진눈깨비와 눈으로 후려치
면 어떨까:
사물의 밧줄로 계곡을 목 조르고
하얀 오래전 속에 숲을 숨 멎게 한다면?
희망을 공포로 **바꾸고**;보는 것을 눈 먼 이로 바꾸고
(연민을 질투로 영혼은 마음으로 바꿔라)
—그것의 마음은 산이고,뿌리는 나무며,
그것의 그들이 봄에게 안녕을 외칠 것

꿈의 운명의 새벽이
이 우주를 물어 둘로 쪼개고,

4

what if a much of a which of a wind
gives the truth to summer's lie;
bloodies with dizzying leaves the sun
and yanks immortal stars awry?
Blow king to beggar and queen to seem
(blow friend to fiend:blow space to time)
—when skies are hanged and oceans drowned,
the single secret will still be man

what if a keen of a lean wind flays
screaming hills with sleet and snow:
strangles valleys by ropes of thing
 and stifles forests in white ago?
Blow hope to terror;blow seeing to blind
(blow pity to envy and soul to mind)
—whose hearts are mountains,roots are trees,
it's they shall cry hello to the spring

what if a dawn of a doom of a dream
bites this universe in two,
peels forever out of his grave

그의 무덤으로부터 영원을 벗겨 내고
어디에도 없는 곳에 당신과 나를 뿌리면 어떨까?
곧을 절대로 절대를 두 번으로 **바꿔라**
(인생을 있지 않다로 바꿔라:죽음을 있었음으로
바꿔라)
　　—모든 아무것도가 우리가 가진 가장 큰 집일 뿐이다;
더 많이 죽을수록,우리는 더 산다

and sprinkles nowhere with me and you?
Blow soon to never and never to twice
(blow life to isn't:blow death to was)
—all nothing's only our hugest home;
the most who die,the more we live

5

꽃이라고 불리는 얼굴들이 땅에서 떠올라 떠다닐 때
그리고 숨 쉬는 것이 바라는 것이고 바라는 것이 갖는 것
일 때—
하지만 지키는 것이 내리누르는 것이고 의심하는 것이고
절대 아닐 때
—사월이다(그렇지,사월;내 연인이여)봄인 것이다!
그렇지 아름다운 새들이 날 수 있는 만큼 활발하게 즐겁게
놀고
그렇지 작은 물고기들이 존재할 수 있는 만큼 기쁘게 뛰어
다닌다
(그렇지 산들은 함께 춤추고 있다)

모든 잎사귀가 소리 없이 피어날 때
바라는 것이 갖는 것이고 갖는 것이 주는 것일 때—
하지만 지키는 것은 흩뜨리는 것이고 아무것도 아니고 허
튼 것일 때
—살아 있다;우리는 살아 있다,그대여:봄인(이제 내게 입
맞춰)것이다!
이제 그 아름다운 새들이 그렇게 그녀를 그렇게 그를 맴돌고
이제 그 작은 물고기들이 그렇게 당신을 그렇게 나를 떨게 하며
(이제 산들이 함께 춤추고 있다,산들이)

5

when faces called flowers float out of the ground
and breathing is wishing and wishing is having—
but keeping is downward and doubting and never
—it's april(yes,april;my darling)it's spring!
yes the pretty birds frolic as spry as can fly
yes the little fish gambol as glad as can be
(yes the mountains are dancing together)

when every leaf opens without any sound
and wishing is having and having is giving—
but keeping is doting and nothing and nonsense
—alive;we're alive,dear:it's(kiss me now)spring!
now the pretty birds hover so she and so he
now the little fish quiver so you and so i
(now the mountains are dancing,the mountains)

when more than was lost has been found has been found
and having is giving and giving is living—
but keeping is darkness and winter and cringing
—it's spring(all our night becomes day)o,it's spring!
all the pretty birds dive to the heart of the sky

더 많은 게 잃은 것인 게 찾은 것임을 찾을 때
가지는 것이 주는 것이고 주는 것이 살아가는 것일 때—
하지만 지키는 것이 어둠이고 겨울이고 움츠리는 것일 때
—봄인 것이다(우리의 모든 밤이 낮이 된다)오, 봄인 것이다!
모든 아름다운 새가 하늘의 심장으로 뛰어들고
모든 작은 물고기가 바다의 마음으로 거슬러 올라간다
(모든 산이 함께 춤추고 있다;춤추고 있다)

all the little fish climb through the mind of the sea

(all the mountains are dancing;are dancing)

II. 달콤하고 자연스러운 지구

SWEET SPONTANEOUS EARTH

봄

봄 전능한 여신이여 그대는
방심하는 왕풍뎅이와 까부는 지렁이들을
구슬려 인도를 건너게 하고
그의 연인에게 수고양이 뮤지컬
세레나데를 부르도록 설득한다,그대
제멋대로 자라고 여드름투성이 기사와
껌을 씹으며 까르륵거리는 소녀들로
공원을 꽉꽉 채웠으면서도 만족하지 않았지
봄,이것들로
그대는 창가에 카나리아-새를 걸어 두었네

봄 부정한 계절이여 당신은
지저분한 다리와 진흙투성이
페티코트,당신의 입은
나른하고 당신 눈은 꿈으로
끈적이며 당신은
질펀한 몸을 가졌다네

Spring

1

spring omnipotent goddess thou dost
inveigle into crossing sidewalks the
unwary june-bug and the frivolous angleworm
thou dost persuade to serenade his
lady the musical tom-cat,thou stuffest
the parks with overgrown pimply
cavaliers and gumchewing giggly
girls and not content
Spring,with this
thou hangest canary-birds in parlor windows

spring slattern of seasons you
have dirty legs and a muddy
petticoat,drowsy is your
mouth your eyes are sticky
with dreams and you have
a sloppy body

옮겨져 와서 크로커스 화단에 심긴 몸
당신이 위스키-목소리로 노래할 때
                              풀이
지구의 머리에서 솟아오르고
모든 나무가 경계 상태가 된다

봄,
당신의 가슴으로 밀려들고
당신 허벅지 사이에서 흐르는
침에서
나는 정말 매우
              내 안의 영혼이 고함쳐 기쁘다
왜냐하면 당신이 오고 당신의 손이
그 눈(雪)이며
당신의 손가락이 그 비라서,
그리고 내가 꽃들의
불협하는 끽끽 소리를
들어서,그리고 무엇보다도
나는 당신의 발소리를 들어서
                        별난 발
                        제멋대로인 발
세상을 뒤흔드는,

from being brought to bed of crocuses

When you sing in your whiskey-voice

                           the grass

rises on the head of the earth

and all the trees are put on edge

spring,

of the jostle of

thy breasts and the slobber

of your thighs

i am so very

               glad that the soul inside me Hollers

for thou comest and your hands

are the snow

and thy fingers are the rain,

and i hear

the screech of dissonant

flowers,and most of all

i hear your stepping

                    freakish feet

                    feet incorrigible

ragging the world,

2

오 달콤하고 자연스러운
지구여 얼마나 자주
그
애지중지하는

　　　　손가락을 가진
야릇한 철학자들이 꼬집고
또
찔러 댔는가

당신을
,버릇없는 과학의
엄지는 또 얼마나 쑤셔 댔는가
당신의

　　　아름다움을　.얼마나
자주 종교들이
당신을 저들의 말라빠진 무릎에 앉혀
쥐어짜고

뒤흔들었는가 당신이 잉태할 수 있게끔

2

O sweet spontaneous

earth how often have

the

doting

     fingers of

prurient philosophers pinched

and

poked

thee

,has the naughty thumb

of science prodded

thy

     beauty   .how

often have religions taken

thee upon their scraggy knees

squeezing and

buffeting thee that thou mightest conceive

신을

    (그러나

진정으로

비할 데 없는

죽음의 침상 당신의

주기적인

연인에게

       당신은 답한다

   그들에게 오로지

      봄으로만)

gods

      (but

true

to the incomparable

couch of death thy

rhythmic

lover

         thou answerest

them only with

             spring)

3

봄이

오면 온다(그-
누구도
그의 이름을 묻지 않지만)

모든 것을
수리하는 이

열의 있는
손가락을 갖고(끈기
있는 눈을
갖고)새

-롭게-

만들며 그렇지
않으
-면 우리가
버려야만
했던-

3

in

Spring comes(no-
one
asks his name)

a mender
of things

with eager
fingers(with
patient
eyes)re

-new-

ing remaking what
other
-wise we should
have
thrown a-

것들을(그리고 그

개울
-빛나는 꽃-
부드러운 새
-빠른 목소리는 사랑한다

아이들을
그리고 햇빛을 그리고

산을)사월에는(그러나
만약 그가 **미소**를
짓는다면)온다

누구도 모를 이가

way(and whose

brook
−bright flower−
soft bird
−quick voice loves

children
and sunlight and

mountains)in april(but
if he should
Smile)comes

nobody'll know

4

봄은 어쩌면 손 같아서
(조심스럽게 **어디**서나
나타나)창문을
정돈하고,사람들은 그 너머를 들여다본다(그동안
사람들은 지켜본다
정돈하고 바꾸고 조심스럽게
거기엔 낯선 것을
여기엔 잘 아는 것도 놓는걸)그리고

모든 것을 조심스럽게 바꿔 버린다

봄은 아마도 마치
창문 안 **손** 같다
(조심스럽게 왔다
갔다 하며 **새**로운 것과
오래된 것을 움직이게 하고,그동안
사람들은 조심스럽게 지켜본다
어쩌면
꽃의 일부를 여기에 일 인치의
공기를 저기에 두는 움직임을)그리고

아무것도 망가뜨리지 않는다.

4

Spring is like a perhaps hand

(which comes carefully

out of Nowhere)arranging

a window,into which people look(while

people stare

arranging and changing placing

carefully there a strange

thing and a known thing here)and

changing everything carefully

spring is like a perhaps

Hand in a window

(carefully to

and fro moving New and

Old things,while

people stare carefully

moving a perhaps

fraction of flower here placing

an inch of air there)and

without breaking anything.

5

하늘은 은빛
불협화음 사월의
바로잡는 손가락들이
해결해 준다

　　　흔한 보석의 뒤섞임으로
바꾸는 것

이제 비틀거리는 나방처럼

날개를 퍼덕거리며 잔디를 따라 날다
주저앉고 나무와 집에
부딪히고 그리고 마침내,
강에 들이민다

5

the sky a silver

dissonance by the correct

fingers of April

resolved

       into a

clutter of trite jewels

now like a moth with stumbling

wings flutters and flops along the

grass collides with trees and

houses and finally,

butts into the river

6

이제 날갯짓하는 존재들이 다정하게 노래하고,눈의(거기에
그리고 여기에)유령들은 움츠린다;눈부셔 하는 지구가
밝아지는
마음으로부터 잠을 털어 내고:이제 모든 곳에서
공간이 놀라움을 맛본다 그건 희망이다

간 것들은 어둠과 추위의 막대한 시간들
피와 육체가 비존재에 고개 숙여 인사할 때
(그 모든 의심스러운 것의 확신,소심한 것의 대담;
이제 늙음은 젊음이고 망설임은 열렬함이다)

어디든 위를 향해 무언가가 갈망하고 동요하며
알려져 있어 바라는 것이 없는 얽힌 잔해를 뚫고 나아간다:
아무것도 이 간절한(우리를 숨 쉬게 하는)공기 같지 않다
시작의 향기로 불멸하는

겨울이 끝났다―이제(나에게 그리고 당신에게,
그대여!)인생의 별이 눈부신 푸르름을 활보한다

6

now winging selves sing sweetly,while ghosts(there
and here)of snow cringe;dazed an earth shakes sleep
out of her brightening mind:now everywhere
space tastes of the amazement which is hope

gone are those hugest hours of dark and cold
when blood and flesh to inexistence bow
(all that was doubtful's certain,timid's bold;
old's youthful and reluctant's eager now)

anywhere upward somethings yearn and stir
piercing a tangled wrack of wishless known:
nothing is like this keen(who breathes us)air
immortal with the fragrance of begin

winter is over—now(for me and you,
darling!)life's star prances the blinding blue

다른 계절, 다른 생물

1

누

하얀 개념(들어 봐

푹 적시는:지구의 추한)마음을.
.정확한 죽음으로 씻어 내는

연례의 두뇌
　　　　헐거운 목소리들로 꽉 막힌
봐 봐
봐 봐.　능숙하게

.손가락으로 더듬어지는(하나의 괄호
그)어질어질한 가장자리의 연못에서

검은 나무들이 생각하는 걸

Other Seasons, Other Creatures

1

SNO

a white idea(Listen

drenches:earth's ugly)mind.
,Rinsing with exact death

the annual brain
                    clotted with loosely voices
look
look.   Skilfully

.fingered by(a parenthesis
 the)pond on whoseswooning edge

black trees think

(꽃의 작은 칼날들이
썰어내 는 소리를 들어봐.   두터운 고요를)

검은나무들이생각하는걸

작은,천사들이 날카로워지고:스스로는

(공기
      중에)
 말하지 않는
            하얀 개념,

푹 적시는.   지구의 두뇌가 떼어 낸다
응고한것들을 연 례의(추한

것)씻겨 나가는 마음으로부터 천천히:

어디서!그:구불거리는 부패로부터. 하나.의,헐거운

;목소리들로부터

(hear little knives of flower

stropping sof a.   Thick silence)

blacktreesthink

tiny,angels sharpen:themselves

(on

      air)

don't speak

                A white idea,

drenching.   earth's brain detaches

clottingsand from a a nnual(ugliness

of)rinsed mind slowly:

from!the:A wending putrescence.   a.of,loosely

;voices

2

완전한 고요로 접합된
무신경한 철제 연못
영생하는 채소들처럼 쪼그리고 있는
엄청나게 겁먹은 언덕 너머

판관 같은 태양이 웃으며 꼬집어 본다
여기에 저기에 어떤 옹기종기 모인 거대함을
마침내 가장 퉁퉁한 이를 쿵 치며
그에게 최대치 파랑 꼬리표를 붙인다

그러자 막 인접한 골짜기는
교전 중인 제 가슴을 위풍당당하게 굴리고
그의 초록을 깊게 하고 그의 황토를 부풀리기에
연못에 비치는 것들이 두 배로 늘어난다

2

beyond the stolid iron pond

soldered with complete silence

the huge timorous hills

squat like permanent vegetables

the judging sun pinches smiling

here and there some huddling vastness

claps the fattest finally

 and tags it with his supreme blue

whereat the just adjacent valley

rolls proudly his belligerent bosom

deepens his greens inflates his ochres

and in the pool doubles his winnings

3

언덕은
마치 시인들 같아
금빛 속에서
시달린
한낮의 참으로 아름다운
                              소란에
맞서
보랏빛 생각을 두르지,그건 곧

구겨지고
무너지고
붉은 영혼을 어둠 속으로 뱉어 낼 텐데

그리하여
침울한눈의 주인이
들어선다
내 마음의

                    달콤한 문으로 그리고
장미를

3

the hills

like poets put on

purple thought against

the

magnificent clamor of

                              day

tortured

in gold,which presently

crumpled

collapses

exhaling a red soul into the dark

so

duneyed master

enter

the sweet gates

                    of my heart and

take

가져
간다,

그것의 완벽
하다
죽이는 손으로서

the

rose,

which perfect

is

With killing hands

4

잠들어 있는 부서지기 쉬운 마을 너머로
나는 내다본다 지난밤에
포말의 바늘을 훔쳐

서서히 다가오는 해안가를 꿰매던 곳을

둔하고 강력한 손에서 끝없이 나오듯
지난밤
곧고 깊게 선 내 위로
눈 없는 몇 마일이 쏟아지고

재잘거리는 석양은 터무니없이
죽으며, 나는 오직 조수의 날개만을 듣는다

마지막 빛 속에서
세계를 향해 깜빡이던

4

beyond the brittle towns asleep

i look where stealing needles of foam

in the last light

thread the creeping shores

as out of dumb strong hands infinite

the erect deep upon me

in the last light

pours its eyeless miles

the chattering sunset ludicrously

dies,i hear only tidewings

in the last light

twitching at the world

5

나의 심장이 삶의 비밀인 작은
새들에게 항상 열려 있기를
그들이 부르는 노래가 무엇이든 아는 것보다 나으니
만약 인간이 그들을 못 듣는다면 인간은 늙은 것이다

나의 마음이 배고프고 두려워하지 않으며
목마르고 유연하게 거닐기를
그리고 일요일이라 해도 내가 옳지 않기를
인간이 옳다면 그들은 젊지 않은 것이니까

그리고 나 스스로 무엇도 효과적으로 하지 않기를
진정보다 더 자기 자신을 사랑하기를
미소 한 번으로 온 하늘을 뒤집어쓰는 걸
실패하는 바보 같은 건 이 세상에 없었으니까

5

may my heart always be open to little

birds who are the secrets of living

whatever they sing is better than to know

and if men should not hear them men are old

may my mind stroll about hungry

and fearless and thirsty and supple

and even if it's sunday may i be wrong

for whenever men are right they are not young

and may myself do nothing usefully

and love yourself so more than truly

there's never been quite such a fool who could fail

pulling all the sky over him with one smile

6

이제 좋은 비가 온다 농부들이 기도하는 그 비(그건
타 버린 땅 위로 튀어 오르는 날카롭고 새된 소나기가
아니라 신에게감사하는 땅을 깊숙이 헤집고 다니는
행복하게 부글거리는 눈 먼 비)

이 눈 덮인 머리의 가장 푸르른 누구를 두고 우리는
늙은 프랭크여 더욱 푸르러져라 외치는데(그의 삶을
이곳에서 저곳으로 옮기며)그동안 그는 헛간의 거대한
문 앞에 닿아 쇠스랑에 기대어 멈추어 있다(숨을 쉬면서)

레지와 레나 같은 연인들은 웃고(그들
주위로 친절함이란 향기가 어둡게 피어오르는
동안)감히상상할수없는 다가오는 소리의고요
아래서 그들의 기쁨을 속삭인다

(여기 그 모든 나무와 함께 있는 잎사귀들과
그 산들과 함께 있는 숲들이 기다려 온 그 비가 있다)

6

now comes the good rain farmers pray for(and

no sharp shrill shower bouncing up off

burned earth but a blind blissfully seething

gift wandering deeply through godthanking ground)

bluest whos of this snowy head we call

old frank go bluer still as(shifting his life

from which to which)he reaches the barn's immense

doorway and halts propped on a pitchfork(breathing)

lovers like rej and lena smile(while looming

darkly a kindness of fragrance opens around

them)and whisper their joy under entirely the coming

quitenotimaginable silenceofsound

(here is that rain awaited by leaves with all

their trees and by forests with all their mountains)

7

바람이 비를 불어 내몰고 하늘을 불어
내몰고 모든 이파리를 불어 내몰고,
그리고 나무들만이 서 있다.   가을을 너무도
오래 알아 왔다고 나는 생각한다

                    (그러면 당신은 무슨 말을 할 텐가,
바람 바람 바람 — 당신은 누군가를 사랑했었나
아둔한 여름에서 집어 온
당신 마음 어딘가의 꽃잎이 있나?
                        오 미친 죽음의
아버지가 우리를 위해 잔인하게 춤추고 대기의
마지막 두뇌 속에서 마지막 이파리가 휘휘 돌기
시작한다!)우리가 보아 왔던 대로 운명의
통합을 보게 하라……바람이 비를

이파리를 하늘을 불어 내몰고
나무들만이 서 있다:
                    나무들만이 서 있다.   나무들은,
갑자기 달의 얼굴에 기대 기다린다.

7

a wind has blown the rain away and blown

the sky away and all the leaves away,

and the trees stand.   I think i too have known

autumn too long

 (and what have you to say,

wind wind wind—did you love somebody

and have you the petal of somewhere in your heart

pinched from dumb summer?

 O crazy daddy

of death dance cruelly for us and start

the last leaf whirling in the final brain

of air!)Let us as we have seen see

doom's integration.........a wind has blown the rain

away and the leaves and the sky and the

trees stand:

 the trees stand.   The trees,

suddenly wait against the moon's face.

8

쥐가)훌
륭하다는 것은
완전히 움직이지 않는
다른 누구(가장 갑작스레 **움**직이는 것보다)의

작디 작은 미소인가?아마 도
사랑한 적 없는
모든 마음들의 두려움보다 더
(**어쩌**

면)클 수도(혹은
다른 모두가 **평**생 사랑할 것보다도)우리는
잎사귀 **한** 장에 그를 숨겨
왔다

그리고,
아름다운 지구를
열어 낸다
어둠에 **잎** 한 장(그것만)을 놓아

서.햇빛은

8

mouse)Won

derfully is

anyone else entirely who doesn't

move(Moved more suddenly than)whose

tiniest smile?may Be

bigger than the fear of all

hearts never which have

(Per

haps)loved(or than

everyone that will Ever love)we

've

hidden him in A leaf

and,

Opening

beautiful earth

put(only)a Leaf among dark

ness.sunlight's

그렇다면?이제
사라지고
무언

가(고요한:
상상으로만들어진
;놀랄 만큼 부드러운)것이
(그의 귀에(눈에

thenlike?now

Disappears

some

thing(silent:

madeofimagination

;the incredible soft)ness

(his ears(eyes

9

신이 나의 몸을 있게 할 때

각각의 용감한 눈에서는 나무 한 그루가 자라날
것이고
거기로부터 과일이 매달려 나올 것이고

그 위에서 보랏빛 세상이 춤출 것이다
노래했던 내 입술 사이에선

장미 한 송이가 봄을 낳을 것이고
정념을 소진한 처녀들은

그들의 작은 가슴에 누울 것이다
나의 강인한 손가락들은 눈 아래서

완강한 새들이 될 것이고
내 사랑이 잔디를 걸을 때면

새들의 날개가 그녀의 얼굴을 만질 것이고
그동안 나의 마음은 함께할 것이다

부풀어 부비는 바다와

9

when god lets my body be

From each brave eye shall sprout a tree
fruit that dangles therefrom

the purpled world will dance upon
Between my lips which did sing

a rose shall beget the spring
that maidens whom passion wastes

will lay between their little breasts
My strong fingers beneath the snow

Into strenuous birds shall go
my love walking in the grass

their wings will touch with her face
and all the while shall my heart be

With the bulge and nuzzle of the sea

III. 눈의 시

THE POETRY OF THE EYE

창조적 과정

1

내
영혼의 한 거리에는:
아름다움이 있다 피카-
비언적으로 깜박깜박깜짝깜빡-이며
황량한 피카소의
목 조르는 나무들로
장식된

여기서
내 영혼이
스스로를 치유한다
날카로운 마음의 프리즘으로
칸딘스키의 금붕어를 갖고 노는
마티스의 리듬으로

세잔식의 매료시키는 거대한
논리의 근육으로부터

The Creative Process

1

of my

soul a street is:

prettinesses Pic-

abian tricktrickclickflick-er

garnished

of stark Picasso

throttling trees

hither

my soul

repairs herself with

prisms of sharp mind

and Matisse rhythms

to juggle Kandinsky gold-fish

away from the gripping gigantic

muscles of Cézanne's

먼 곳에,
　　　오호.
　　　거리가
있다

낯선 새들이　가르랑대는

logic,

    oho.

    a street

there is

where strange birds   purr

2

피카소
당신은 우리에게 **사물**을 주었고
그것이
부푼다:날카롭고 **빽빽**한 마음으로 가득한 그렁
거리는 폐

당신은 우리가 새된 소리를 내게 하고
언제나 내보인다
간결함이란
화려한 비명 속에 갇힌 것을

(마개를 연
검은 것으로부터
무언가가 면의 끼익거림을 모호하게 쏟아 내거나
또는

순환하는 비명의 **빽빽**함을 쥔 **아무것**도 아닌 것의
끼익하는 소리 사이에서
견고한 비명들이 속삭인다.)
독창의 벌목업자

2

Picasso

you give us Things

which

bulge:grunting lungs pumped full of sharp

thick mind

you make us shrill

presents always

shut in the sumptuous screech of

simplicity

(out of the

black unbunged

Something gushes vaguely a squeak of planes

or

between squeals of

Nothing grabbed with circular shrieking tightness

solid screams whisper.)

Lumberman of The Distinct

당신 뇌의
도끼는 가장 크게 내재하는
에고란 나무만을 베고,그것의
삶과 가장 큰

몸으로부터 매일의
아름다움이
잘려 나간다

당신은 진정으로 형식을 조각낸다

your brain's

axe only chops hugest inherent

Trees of Ego,from

whose living and biggest

bodies lopped

of every

prettiness

you hew form truly

입체파의 해체

1

몸부림치며
벌어지는 고통의

  관점
  긁히고 까진 쪼개진

정상성
    탁탁거리고
    축 늘어진
  평면들   소란스러운
  충돌
  붕괴   **마치**

평화롭게,
띄워져
끔찍한 석양의 미 속으로
             향하고

The Cubist Break-Up

1

writhe and

gape of tortured

perspective

rasp and graze of splintered

normality

crackle and

sag

of planes   clamors of

collision

collapse   As

peacefully,

lifted

into the awful beauty

of sunset

어린 도시는
얼굴을 붉히며 차원을 흩뜨리고
들어선다
그녀 고통의 정원이 되어 가는 곳으로

                    the young city

putting off dimension with a blush

enters

the becoming garden of her agony

2

스미스 씨
는 읽고 있지요
그의 편지를요
난롯불-
가에서

      티타임과

         웃음과 친구와 스미스

타이핑하지 않죠　선명한 o
           d의 만족감
           우스꽝스러운 l의 꼬아 쓰기
           r의 방랑

        하하

         애-인들
         헤어진　친구
         자기-　부르듯　쓰고
         나는 꿈꾸죠 내　네드를　시험하고
       엄마는

2

mr. smith

is reading

his letter

by the fire-

light

    tea-time

         smiles friend smith

no type   bold o's

       d's gloat

       droll l's twine

       r's rove

         haha

         sweet-hearts

         part   fellow

         like   darl-   write

         i dream my   try ned   ma

생각해요
옳은 잃은 계속 있을 거라고
죽을 때까지
당신의 것으로

연기로 원을 그리고

코를 쓰다듬고   P
발가락을 쬐며   S
                        키스

        thinks

        right thing   will be still

        till death

        thine

blows ring

strokes nose   P

toaststoes   S

             kiss

3

　　　하늘
　　　은　　사　　탕
　선　　　　　　명
　　　해서　　　　먹을
　　　　　　　수
　　　있는
　　　　명랑한　　핑크들
　　　　수줍은　　　　　레
　　　몬들
　　　　　　　　　　　초록은

　시원하고
　기관　　　　　　　차
　　　　　아　　　　　　　　　　래
츠　　　ㄴ
　　　코
　　　ㄹ　　　　　릿은　　　　　보랏
　　　　　　　　　　빛
　　　　　　틔
　위　　　　　낸다

3

      the sky

     was   can dy

 lu   mi

    nous   ed

              i

    ble

      spry   pinks

      shy   lern

   ons

                    greens

  cool

 choco   lates

     un   der

a   lo

    co

    mo   tive   s pout

          ing

      vi

   o   lets

4

ㅇ(잎

이
떨
어

진

다)
괴
로

움

4

l(a

le
af
fa

ll

s)
one
l

iness

5

누(

이 무한한 아무 데
도 아닌
곳에서,누군가;도착한다 떠
돌 듯이

:내려앉는 하얀 그리고.

)운
송이:는;어스름에,든
손
님

들

5

s(

these out of in
finite no
where,who;arrive s
trollingly

:alight whitely and.

)now
flakes:are;guests,of t
wi
ligh

t

6

얼마나

자그맣
게

몸부림(돌멩이 사
이에서 두
개가)치며 가장 푸

르른
네가 되
는

지 하
(신비롭
게) 얀

그
대

여

6

how

tinily
of

squir(two be

tween sto

nes)ming a gr

eenes

t you b

ecome

s whi

(mysterious

ly)te

one

t

hou

7

아
무엇이
ㄴ

ㅏ 능

가
할수없
다

그

신
ㅂㅣ로
이

온

고
즈넉한
고요

7

n

OthI

n

g can

s

urPas

s

the m

y

SteR

y

of

s

tilLnes

s

8

ㅣ-ㄱ-ㄷ-ㄷ-ㅜ-ㅓ-ㅣ-ㅁ

누가

우)리가 올(려다보)는

지금모여드는

ㅓㅣㅁㅜㄱㅣㄷㄷ

ㄱ(ㅏ

하나의그):폴

짜

!ㄱ:

ㄷ   ㅗ

(착

ㅎㅏㄴㄷㅏ   .ㅁㅓㄷㄱㅜㅣㅣ)

ㄷ

재(되어)배열(가면)하듯(서)이

,ㅁㅔㄷㄷㅜㄱㅣ;

8

                    r-p-o-p-h-e-s-s-a-g-r

            who

    a)s w(e loo)k

    upnowgath

            PPEGORHRASS

                        eringint(o-

    aThe):l

            eA

            !p:

S   a

                        (r

    rIvInG   .gRrEaPsPhOs)

                                    to

    rea(be)rran(com)gi(e)ngly

    ,grasshopper;

9

ㅈ(ㅣ)금

　　　어떻게
그
　세계가 살(아졌는가 영리하게)

번개를:맞으면서;도
!

　그
번개에(금)을가게할것인가뛰어오르
는
　ㅊㅓ ㄴㄷㅜ ㅇ이ㄲ
　　　　　　ㅗㅊㅍ ㅣ ! ㄴ ㅔ ㅂㅗ
이지않 게(부서
진 하늘?조)각 사이에서어(떤ㅁㅜ의ㅁ ㅣ
가 온)**영역으**(로 두루 **거닐며 충돌하**

는ㄱㅏ.!높이도
　　　　ㅇ , ㅣ ; ㅈ ㅔ :
　　　　　　　　들어오고있다

9

n(o)w

    the

how

   dis(appeared cleverly)world

iS Slapped:with;liGhtninG

!

 at

which(shal)lpounceupcrackw(ill)jumps

of

  THuNdeRB

       loSSo!M iN

-visiblya mongban(gedfrag-

ment ssky?wha tm)eani ngl(essNessUn

rolli)ngl yS troll s(who leO v erd)oma insCol

Lide.!high

    n , o ; w   :

            theraIncomIng

오 모든 지붕이 으르렁거리네

                    소리에**파**묻혀서(

&

(우리(는 마치)망자 같다

)우리는(목소리없는)**타인**에게(유령이라)소리치거
나 혹은 불)

  가능

  하(게 잠

  들어 있는)

         하지만 보!라 ―

                  ㅌㅐ

  야

   ㅇ:새를(도약하게)하여**열**어 내고
있 ㄷ;ㅏ(

―노래하며

)모두를 존재하게 모두(울게 모두 **내다**)보(게 **모**)든(초록

?지구를)**새**,롭게

o all the roofs roar

      drownInsound(

&

(we(are like)dead

)Whoshout(Ghost)atOne(voiceless)O

ther or im)

  pos

  sib(ly as

  leep)

   But l!ooks—

      s

  U

   n:starT birDs(IEAp)Openi ng

t hing ; s(

—sing

)all are aLl(cry alL See)o(ver All)Th(e grEEn

?eartH)N,ew

10

마치 마

치 신 ㅂ
ㅣ롭ㄱㅔ("나는 살아 있다"

)
용감하

게 그리고(ㄱ
-달은 이미 졌고)가장 속
삭이(여기서)며 울

어대;는:울음.이,하 늘 에 반하ㅇ

ㅕ ㅅ
ㅣ작되
려는 듯이?나 무 들
!

더 많은&(거 기서부 터)더많 이 흩어진(안 개가 어

10

as if as

if a mys
teriouSly("i am alive"

)

  brave

ly and(th
e moon's al-down)most whis
per(here)ingc r O

wing;ly:cry.be,gi N s agAains

t b
ecomin
gsky?t r e e s
!

m ore&(o uto f)mor e torn(f og r

지
럽게빙그르르)것이 꿈이 가득한 들판으로 쏟
아(져

     내

      린다.)

&

어

딘가같은곳에서형태의싹이

이제,동

요**한**

다

유령

?동

요하 고깜;빡

거 **리**-는

:연기는(기.

         어

오,

e

elingwhiRls)are pouring rush fields drea

mf(ull

      y

        are.)

&

som

ewhereishbudofshape

now,s

tI

r

ghost

?s

tirf lic;k

e rsM-o

:ke(c.

       l

i,

르

  !

고

)&그것:이;스스로,

ㅅㅔ세ㅅㅔ게ㄱㅖ ㄱㅖ를 마마ㅏ 마만든다

m

　!

b

　)& it:s;elf,

mmamakmakemakesWwOwoRworLworlD

11

그 녀는뻣뻣
하게 걷는다모
든 만약에들
과그러나 들

이뾰루퉁해서(ㅓ **누**.가이:제
그 녀 가운을 흘러
내 리 게 해,

             드

러낸

다 2 개
-의 새순 눈을땅에서)구
불구불하게&그들&씰
룩거리며,시작하네

아니아니아니아니?
그러나그러나그러나??
       그런거그런거??
되는중????

11

sh estiffl

ystrut sal

lif san

dbut sth

epouting(gWh.ono:w

s li psh ergo

wnd ow n,

         r

Eve

aling 2 a

-sprout eyelands)sin

uously&them&twi

tching,begins

unununun?

butbutbut??

   tonton??

ing????

—밟고-&
　　　지나가면;그게
휙집어던지고
.활짝웃고
ㄱㅏㄹㅇㅏㄴㅐㅇㅓ

ㅅㅏㄹㅏㅈㅕㅂㅓ리듯이
눈이 쥐고 살고 반복하고 노래하고 흉내 내고
다 벗은 듯 던지고 꼼지락대는 그
풍덩&급습을하고&황홀해하&는듯이

부글거린다 단단한 돌리는 엉덩이들 빙그르르 기어올라
준다
(네것내것인 내것네것인 네것내것인
!
그( )것)

—Out-&

        steps;which

flipchucking

.grins

gRiNdS

d is app ea r in gly

eyes grip live loop croon mime

nakedly hurl asquirm the

dip&giveswoop&swoon&ingly

seethe firm swirl hips whirling climb to

GIVE

(yoursmine mineyours yoursmine

!

i( )t)

새들은(

　　　여기서,발명해

낸다 공기를

사

)용해서

ㅎ

ㅘ혼의(

ㅇ

　ㄱ

　　거

　　　거ㄷ

　거대

함을.**되어**)보아라

이제

　　(오는

영혼이여;

&:그리고

누구

12

birds(

      here,inven

ting air

U

)sing

tw

iligH(

t's

   v

      va

         vas

vast

ness.Be)look

now

   (come

soul;

&:and

who

으) ㅣ
　　목
ㅅ
ㅗ리
(
인지
　인
　　。

        s)e

            voi

c

es

(

  are

        ar

            a

13

종

  ㅇ ㅣ

    ㅇ ㅕ ?

    ㅅ ㅣ

-작하듯이(와서-무리진다:얼굴들이
오;고 간다.살(아 있는)얼굴들이
울고 종이
여

(쏟아 낸다 여
      (사물들을)
          자들은
             스스로-그들을

중이다던진다)쿵종이여(하품하는교회들
엉망인 사람들)비틀거리며(컴컴하
게(빙그르르돈다
안에서

(종

13

b

  eLi

     s?

      bE

-ginningly(come-swarm:faces

ar;rive go.faces a(live)

sob bel

ls

(pour wo

       (things)

           men

              selves-them

inghurl)bangbells(yawnchurches

suck people)reel(dark-

ly(whirling

in

(b

이여종
　　　　이
　　　　　여)

-태양을 향해(충돌).도로들이
빛난
다
하나의,걸음:하네;색을;존재하고:움,직이는

오 불
　　　-가능-
　　　　　　하
　　　　　　　게

(외친다꽃피었네
꽃핀 듯이 펑
ㅈ ㅗ ㅇ이여종ㅇ ㅣ
여!울어라)

(종
　　이여종
　　　　이여)
　　　　　　ㅈ

ellSB

    el

      Ls)

-to sun(crash).Streets

glit

ter

a,strut:do;colours;are:m,ove

o im

    -pos-

        sibl

          y

(ShoutflowereD

flowerish boom

b el Lsb El l

s!cry

(be

  llsbe

     lls)

        b

(종

　이여종)

　　　이 ㅇ

　　　(ㅕ종이여)

(be

　　　llsbell)

　　　　　ells

　　　　　　(sbells)

IV. 초상

PORTRAITS

1

가구로 채워진 영혼 속에 사는 케임브리지 숙녀들은
아름답지 않고 편안한 정신을 가졌으며
(또한,교회의 프로테스탄트적 축복도 지녔다
향기 없고 형태 없는 정신을 지닌,딸들)
그들은 그리스도와 롱펠로를 믿는데,둘 다 죽었고,
예외 없이 너무도 많은 것에 관심을 갖고 있다—
지금 이 글을 쓰는 데도 여전히 발견된다
뜨개질하는 기뻐하는 손가락들 폴란드인들을 위
한 것인가?
아마도. 영구한 얼굴들이 부끄러운 듯
N 부인과 D 교수의 스캔들을 입에 오르내리게 할 때
……케임브리지 아가씨들은 신경쓰지 않는다,케임브리지
위로 때론 하늘색 라벤더색의
귀퉁이 없는 그 상자 안에서,그
달이 화난 사탕 조각처럼 달가닥거린다

1

    the Cambridge ladies who live in furnished
souls
    are unbeautiful and have comfortable minds
    (also,with the church's protestant blessings
    daughters, unscented shapeless spirited)
    they believe in Christ and Longfellow,both
dead,
    are invariably interested in so many things—
    at the present writing one still finds
    delighted fingers knitting for the is it Poles?
    perhaps.   While permanent faces coyly bandy
    scandal of Mrs. N and Professor D
    ....the Cambridge ladies do not care,above
    Cambridge if sometimes in its box of
    sky lavender and cornerless,the
    moon rattles like a fragment of angry candy

2

만약 천국이 있다면 나의 어머니는 하나를(혼자 힘
으로)가질
것이다.   그건 팬지 천국은 아닐 것이고
연약한 은방울꽃 천국도 아닐 것이며 다만
검붉은 장미 천국일 것이다

나의 아버지도 있을 것이다(장미만큼 깊고
장미만큼 크게)

엄마 위로 기울이는

내 옆에 서 계실 것이다
(묵묵히)
정말로 꽃잎인 눈으로
시인의 얼굴을 하곤 아무것도 보지 않는다 그 얼굴은
실제로 한 송이 꽃이며 얼굴이 아닌
손으로
속삭인다
이것이 내가 사랑하는 사람 나의

(갑자기 햇빛 아래

2

if there are any heavens my mother will(all by
herself)have
   one.   It will not be a pansy heaven nor
   a fragile heaven of lilies-of-the-valley but
   it will be a heaven of blackred roses

   my father will be(deep like a rose
   tall like a rose)

   standing near my

   swaying over her
   (silent)
   with eyes which are really petals and see
   nothing with the face of a poet really which
   is a flower and not a face with
   hands
   which whisper
   This is my beloved my

                    (suddenly in sunlight

그가 고개를 숙일 것이다,

& 정원 전체가 고개를 숙일 것이다)

he will bow,

& the whole garden will bow)

3

내 아버지는 사랑의 운명을 누비셨다
존재하다와 같은 것들을 주다의 가지다들을 누비셨다,
매일 밤을 통과한 매일 아침을 노래하며
내 아버지는 높이의 깊이를 누비셨다

이 움직임 없이 잊힌 것이
그의 시선이 닿자 반짝이는 여기로 바뀌었다;
만약 그렇다면(소심한 대기는 단단하고)
그의 시선 아래서 동요하고 꿈틀거린다

새롭게 아직 매장되지 않은 것으로부터
맨 처음의 누구가 떠다닌다, 그의 사월의 손길이
잠들어 있는 존재들을 그들 운명으로 몰려나게 이끌었고
몽상가들을 그들 유령 같은 뿌리로 깨워 냈다

그리고 어떤 왜들은 완전히 울어야만 한다
아버지의 손가락이 그녀에게 잠을 불러왔으므로:
헛되이 어떤 작은 목소리도 외칠 수 없었다
그는 산이 자라는 걸 느낄 수 있었으니까.

바다의 계곡들을 들어 올리며

3

my father moved through dooms of love
through sames of am through haves of give,
singing each morning out of each night
my father moved through depths of height

this motionless forgetful where
turned at his glance to shining here;
that if(so timid air is firm)
under his eyes would stir and squirm

newly as from unburied which
floats the first who,his april touch
drove sleeping selves to swarm their fates
woke dreamers to their ghostly roots

and should some why completely weep
my father's fingers brought her sleep:
vainly no smallest voice might cry
for he could feel the mountains grow.

Lifting the valleys of the sea

내 아버지는 기쁨의 슬픔들을 누비셨다;
달이라 불리던 이마에 찬사를 보내며
욕망이 시작되게끔 노래하며

기쁨은 그의 곡이고 기쁨은 너무도 순수해서
옆자리에 있는 별의 심장조차 조종할 수 있었고
이제는 너무도 순수하고 이제는 너무도 옳아서
황혼의 손목이 크게 기뻐했다

태양의 마음을 품고
한여름의 날처럼 예리하게 설 것이다,
너무도 엄격하게(극도의 그보다도 더
너무도 크게)내 아버지의 꿈은

그의 육체는 육체였고 그의 피는 피였다:
아무리 배곯은 사람도 그에게 음식을 바라지 않았다;
그가 웃는 것만을 보고자
불구도 일 마일의 언덕을 기어서라도 올랐다.

해야만 한다와 할 것이다의 화려함을 꾸짖으며
내 아버지는 느낌의 운명을 누비셨다;
그의 분노는 비만큼 옳았고
그의 연민은 곡식만큼 푸르렀다

my father moved through griefs of joy;
praising a forehead called the moon
singing desire into begin

joy was his song and joy so pure
a heart of star by him could steer
and pure so now and now so yes
the wrists of twilight would rejoice

keen as midsummer's keen beyond
conceiving mind of sun will stand,
so strictly(over utmost him
so hugely)stood my father's dream

his flesh was flesh his blood was blood:
no hungry man but wished him food;
no cripple wouldn't creep one mile
uphill to only see him smile.

Scorning the pomp of must and shall
my father moved through dooms of feel;
his anger was as right as rain
his pity was as green as grain

일 년 중 구월이 펼쳐지는 품은
바보 같은 이들과 현명한 이들에게와 다름없이
적과 친구에게도 겸허하게 부를 뻗어 나누고
헤아릴 수 없는 것을 내어 준 것

자랑스럽게 그리고(시월이 펼쳐지는 불길의
손짓에 의해)지구가 아래로 기어 내려갈 때,
영생의 작업을 하고자 벗은 채로
그의 어깨가 어둠을 향해 행진했다

그의 슬픔은 빵만큼 진실되었다:
어떤 거짓말쟁이도 그의 머리를 쳐다보지 못했다;
만약 모든 친구가 그의 적이 된다면
그는 웃으며 눈으로 세상을 지었을 것이다.

내 아버지는 우리의 그들을 누비셨고,
매 나무의 새 잎을 노래하시고
(그리고 모든 아이는 봄이 내 아버지의 노래를 들을 때면
봄이 춤을 출 거라고 확신했다)

그렇다면 인간들은 나눌 수 없는 것들을 죽이게 하라,
피와 살이 진창과 수렁이 되게 하며,
책략은 상상이 되게, 정념은 의지를 지니게,

septembering arms of year extend

less humbly wealth to foe and friend

than he to foolish and to wise

offered immeasurable is

proudly and(by octobering flame

beckoned)as earth will downward climb,

so naked for immortal work

his shoulders marched against the dark

his sorrow was as true as bread:

no liar looked him in the head;

if every friend became his foe

he'd laugh and build a world with snow.

My father moved through theys of we,

singing each new leaf out of each tree

(and every child was sure that spring

danced when she heard my father sing)

then let men kill which cannot share,

let blood and flesh be mud and mire,

scheming imagine,passion willed,

자유는 사고팔리는 약이 되게

주는 것이 도둑질하는 잔인한 종류가 된다,
두려워할 마음, 마음을 의심하는 일,
다르다는 것은 같음 병,
순응이 존재하다의 정점이 된다

우리가 밝게 맛보는 모든 것이 무디고,
모든 극도로 씁쓸한 것이 달다 해도,
구더기 먹는 삐기와 묵묵한 죽음이
우리가 물려받고, 물려주는 모든 것이다

그리고 진실만큼 중요하지 않은 것도 없다
— 증오가 사람들이 숨을 쉬는 이유래도 나는 말한다 —
왜냐하면 내 아버지는 그의 영혼을 살았고
사랑은 전부였고 그 모든 것 이상이었으니

freedom a drug that's bought and sold

giving to steal and cruel kind,
a heart to fear,to doubt a mind,
to differ a disease of same,
conform the pinnacle of am

though dull were all we taste as bright,
bitter all utterly things sweet,
maggoty minus and dumb death
all we inherit,all bequeath

and nothing quite so least as truth
—i say though hate were why men breathe —
because my father lived his soul
love is the whole and more than all

4

버펄로 빌 은

없다네

　　타곤 했지요

　　물처럼매끈한-은빛

　　　　　　종마를

그리고 하나둘셋넷다섯 바로그렇게비둘기를쏘아맞혔습니다

　　　　　　　　　　　　　　　주여

그는 잘생긴 남자였어요

　　　　　　그리고 내가 알고 싶은 것은

당신이 파란눈을한 소년을 어떻게 생각했느냐는 것이지요

죽음이여

4

Buffalo Bill 's

defunct

      who used to

      ride a watersmooth-silver

                 stallion

and break onetwothreefourfive pigeonsjustlikethat

                       Jesus

he was a handsome man

            and what i want to know is

how do you like your blueeyed boy

Mister Death

비든 우박이든
샘은 할 수 있는
최선을 다했지요
그의 무덤을 팔 때까지

:샘은 진정한 남자였어요

다리만큼 튼튼하고
곰만큼 강인하고
족제비만큼 매끈했습니다.
어떻게 지내요

(태양이든 눈이든)

어디로 갔나요
당신이 읽었던
그 모든 왕처럼
그 위에서 노래하네요

한 마리 쏙독새가;

5

rain or hail

sam done

the best he kin

till they digged his hole

:sam was a man

stout as a bridge

rugged as a bear

slickern a weazel

how be you

(sun or snow)

gone into what

like all them kings

you read about

and on him sings

a whippoorwill;

마음이 넓었어요
악마나 천사를
위한 공간을 모두 품을 만큼
완벽하진 않았어도

예,그러지요

무엇이 더 나을까
아님 무엇이 더 나쁠까
그리고 무엇이 행운일까
행운일까 행운일까

(누구도 모르겠지만)

샘은 진정한 남자였어요
활짝 웃음을 웃었고
자신의 일을 마치곤
자신을 눕혔죠.

잘 자요

heart was big

as the world aint square

with room for the devil

and his angels too

yes,sir

what may be better

or what may be worse

and what may be clover

clover clover

(nobody'll know)

sam was a man

grinned his grin

done his chores

laid him down.

Sleep well

V. 사랑과 사랑의 신비

LOVE AND ITS MYSTERIES

1

오 독특한
내 헝클어진 흠모의 여인
만일 내가
연약하고도 확실한

노래를 당신 영혼의 창가 아래에서 만들었다면
그건 여느 노래 같지 않을 거야
(가수들 다른 이들
그들은 많은 것에

충실했거늘 그것은
사라진다
나는 더러는 무(無)에도
진실되었는데, 그것은 살아남는다

그들은 보기 좋은 달을
좋아했고   단 한 번도 아름다운 별들을
욕되게 한 적 없고   또한
고요한 것과 복잡한 것과

분명한 것들에

1

O Distinct

Lady of my unkempt adoration

if i have made

a fragile certain

song under the window of your soul

it is not like any songs

(the singers the others

they have been faithful

to many things and which

die

i have been sometimes true

to Nothing and which lives

they were fond of the handsome

moon   never spoke ill of the

pretty stars   and to

the serene the complicated

and the obvious

충실했지만
그것을 나는 경멸했다,
솔직히 말하자면

인정한다 내가 벌레들의
소란에만 진심이었음을.
이해할 수 없는 태양 아래
딱 좋은 날에는)

독특한 여인은
재빠르게
나의 연약하지만 확실한 노래를 택하고
그리하여 우리는 함께 볼 수 있다

불운한 자의 뒤편에서
어떻게 삶의 웃음이
그 차분하고 모호하고 뚜렷한
카니발이 어떻게 있을 법한 바이올린의

멜로디에 맞춰 춤을 추는
정사각형의 미덕과 직사각형의 죄악들이
완벽하게

they were faithful

and which i despise,

frankly

admitting i have been true

only to the noise of worms.

in the eligible day

under the unaccountable sun)

Distinct Lady

swiftly take

my fragile certain song

that we may watch together

how behind the doomed

exact smile of life's

placid obscure palpable

carnival where to a normal

melody of probable violins dance

the square virtues and the oblong sins

perfectly

그 정확한 청렴한 무의

완강한 입술이
표현되는지   충분한 태양
아래에서,불충분한 하루
속에서 벌레들의 소음 속에서

gesticulate the accurate

strenuous lips of incorruptible

Nothing   under the ample

sun,under the insufficient

day under the noise of worms

2

내 사랑이 당신을 둘러싼 건물 한 채를
세우고 있다,약하고 불안한
집을,강하고 취약한 집을
(당신의 미소라는 유일한 시작점에서

시작한)노련하고 서투른
감옥,정확하고 어설픈
감옥(무모한 당신 입의 마법 **주변**,
그것과이것을 그러므로로 짓고)

나의 사랑이 마법 하나를 짓고 있다,별개의
마법의 탑 하나를 그러면(내가 추측했듯이)

죽음이라는 농부가(요정들이 싫어하는)

입-꽃 함대를 무너뜨리려 할 때
그는 나의 탑만은 무너뜨리지 않으리라,
$\qquad$ 수고로운,무심한

주변을 둘러싼 미소가

2

my love is building a building

around you,a frail slippery

house,a strong fragile house

(beginning at the singular beginning

of your smile)a skilful uncouth

prison,a precise clumsy

prison(building thatandthis into Thus,

Around the reckless magic of your mouth)

my love is building a magic,a discrete

tower of magic and(as i guess)

when Farmer Death(whom fairies hate)shall

crumble the mouth-flower fleet

He'll not my tower,

                        laborious,casual

where the surrounded smile

숨 쉬는 것도 잊은 채

매달린 그곳은

hangs

breathless

3

내가 한 번도 여행해 본 적 없는 어딘가,어떤
경험 너머에 있는 그곳,당신의 눈은 그곳의 고요를 지녔다:
당신의 가장 유약한 몸짓 속에는 나를 에워싸는 것들이,
너무 가까이 있어 내가 손댈 수 없는 것들이 있다

당신이 잠깐 주고 가는 시선이 나를 쉽게 열어젖힌다
비록 나는 나 자신을 손가락들처럼 닫아 버렸지만,
당신은 나의 꽃잎을 하나하나 열어 낼 것이다 마치 **봄**이
(능숙하게,신비롭게 만져서)봄의 첫 장미를 틔우듯이

혹은 당신의 소원이 나를 닫아 버리는 거라면,나와
나의 삶은 매우 아름답게,갑작스럽게 닫힐 것이다,
이 꽃의 심장이 조심스럽게
어느 곳에서나 내리는 눈을 상상할 때처럼;

우리가 이 세상에서 이해하게 되는 어느 것도
당신의 강렬한 취약함이 지닌 힘에 비할 수 없다:그 감촉이
그 나라들의 색감으로 나를 압도하며,
죽음을 만들어 낸다 영원히 숨마다

(나는 당신의 무엇이 닫아 내고 또 열어 내는지

3

somewhere i have never travelled,gladly beyond

any experience,your eyes have their silence:

in your most frail gesture are things which enclose me,

or which i cannot touch because they are too near

your slightest look easily will unclose me

though i have closed myself as fingers,

you open always petal by petal myself as Spring opens

(touching skilfully,mysteriously)her first rose

or if your wish be to close me,i and

my life will shut very beautifully,suddenly,

as when the heart of this flower imagines

the snow carefully everywhere descending;

nothing which we are to perceive in this world equals

the power of your intense fragility:whose texture

compels me with the colour of its countries,

rendering death and forever with each breathing

(i do not know what it is about you that closes

알지 못한다;내 안의 무언가가 이해할 뿐이다
당신 눈의 목소리가 모든 장미보다 깊다는 것을)
아무도,비조차도,그렇게나 작은 손을 갖지 못했다

and opens;only something in me understands

the voice of your eyes is deeper than all roses)

nobody,not even the rain,has such small hands

4

연인이여

　　　정말,그림같은,마지막 날에
(모든 시계가 제 본분을 잃고 신이
재빨리 고쳐 앉아 최악의 죄인들을 심판하려 할 때)
그는 내게 무언가 크고 솜털 같은 것을
말해 줄 거야.　위대한 천사들의

그 모든 창백하고 툴툴거리는 날갯짓이 멈출 거라
며:그 저주가

깔끔-하게 그의 성난 이마의 뭉치로부터

튕겨 나갈 때처럼(그다음 쇠스랑 든 악당들이
나를 앞뒤로 다정스레 던지고 받을
것이다.)　마지막으로,당신이 보고자 한다면,당신은
가장 위대한 불꽃에 엎어져 있는 나를 찾을 것인데,

그 불꽃은 아름다운 모습으로 하늘을 향해
들끓고 있다;파올로라는 이름을 가진 누군가와
그날의 시간을 함께 보내며.

4

chérie

the very,picturesque,last Day
(when all the clocks have lost their jobs and god
sits up quickly to judge the Big Sinners)
he will have something large and flufry to say
to me.   All the pale grumbling wings

of his greater angels will cease:as that Curse

bounds neat-ly from the angry wad

of his forehead(then fiends with pitchforkthings
will catch and toss me lovingly to
and fro.)   Last,should you look,you
'll find me prone upon a greatest flame,

which seethes in a beautiful way
upward;with someone by the name
of Paolo passing the time of day.

5

불안하고 기만적이고 밝은 기억의
길을 따라 나의 마음이 오네,머저리처럼
노래 부르며,술 취한 남자처럼 속삭이며

(갑자기,어떤 모퉁이에서)키가 큰
내 마음의 경찰관을 마주친.

                   깨어 있으면서
잠들지 않는 동안,다른 곳에서 우리의 꿈은 시작된다
지금 꿈은 접혀 있지만:한 해가
잊힌 감옥수처럼 그의 생을 완성한다

—"여기요?"—"아 아니요, 그대여;너무 추워요"—
  그들은 떠났다:이 정원을 따라 바람이 비와 잎사귀들을 몰고
움직이며,대기를 두려움과 달콤함으로
채웠다가……멈춘다.   (반쯤속삭이며……반쯤노래하며

언제나 웃고 있는 목마를 동요시킨다)

당신이 파리에 있었을 때 우리 여기서 만났었지요

5

along the brittle treacherous bright streets

of memory comes my heart,singing like

an idiot,whispering like a drunken man

who(at a certain corner,suddenly)meets

the tall policeman of my mind.

                                        awake

being not asleep,elsewhere our dreams began

which now are folded:but the year completes

his life as a forgotten prisoner

—"Ici?"—"Ah non,mon chéri;il fait trop froid"—

they are gone:along these gardens moves a wind

bringing

rain and leaves,filling the air with fear

and sweetness....pauses.　(Halfwhispering

....halfsinging

stirs the always smiling chevaux de bois)

when you were in Paris we met here

6

당신은 무엇보다도 기쁘고 젊어야 해.
왜냐하면 당신이 젊다면, 당신이 무슨 삶을 입는다 하더라도

당신에게 어울릴 테니까;당신이 기뻐한다면
삶이 무엇이든 당신 자신이 될 테니까.
소녀소년들은 소년소녀들 이상의 것을 원치 않지:
나는 오직 그녀만을 온전히 사랑할 수 있고

그 사랑이 가진 그 어떤 신비로움도 모든 남자의
살에 공간을 입히고;그의 마음에서 시간을 벗어던지게 만들지

당신이 그렇게 생각한다면,신이 금하시길
그리고(그의 자비로움에)당신의 진정한 사랑을 보호하시길:
그 길이어야만 지식이, 진보라고 불리는
태아의 무덤이,운명을 벗어난 부정의 죽음이 자리한다.

나는 수천만 별에게 춤추지 않는 법을 가르치기보다
새 한 마리로부터 노래하는 법을 배우련다

6

you shall above all things be glad and young.
For if you're young,whatever life you wear

it will become you;and if you are glad
whatever's living will yourself become.
Girlboys may nothing more than boygirls need:
i can entirely her only love

whose any mystery makes every man's
flesh put space on;and his mind take off time

that you should ever think,may god forbid
and(in his mercy)your true lover spare:
for that way knowledge lies,the foetal grave
called progress,and negation's dead undoom.

I'd rather learn from one bird how to sing
than teach ten thousand stars how not to dance

7

그렇다는 즐거운 나라다:
만약에는 겨울이고
(사랑하는 이여)
한 해를 열어 봅시다

둘 다는 딱 좋은 날씨고
(둘 중 하나는 아니다)
나의 보물,
제비꽃이 피어날 때면

사랑은 논리보다
더 깊은 시기가 된다네;
나의 다정한 연인이여
(그리고 사월이 우리가 있는 곳)

7

yes is a pleasant country:

if's wintry

(my lovely)

let's open the year

both is the very weather

(not either)

my treasure,

when violets appear

love is a deeper season

than reason;

my sweet one

(and april's where we're)

8

나의 심장이 당신과 함께한 지 오래도 되었지요

우리의 얽힌 팔로 어둠 속에 갇혀 있던
이래로 그 어둠에서 새로운 빛이 시작하고
커지기만 합니다,
당신의 마음이 낯선 자로서
나의 키스에게로 그 거리로
한 마을의 색감으로 걸어 들어온 이래로—

나는 아마도 잊은 것 같아요
어떻게,언제나(이
피와 살의 서두르는
조잡함으로부터)**사랑이**
자신의 가장 점진적인 몸짓을 만들어 내는지를,

그리고 삶을 영원으로 깎아 만드는지를

—이후 우리의 갈라지는 자아는 박물관이 되겠지요
능란하게 채워진 기억들로 가득 찬

8

it is so long since my heart has been with yours

shut by our mingling arms through
a darkness where new lights begin and
increase,
since your mind has walked into
my kiss as a stranger
into the streets and colours of a town—

that i have perhaps forgotten
how,always(from
these hurrying crudities
of blood and flesh)Love
coins His most gradual gesture,

and whittles life to eternity

—after which our separating selves become museums
filled with skilfully stuffed memories

9

당신의 귀향은 나의 귀향이 될 거라서—

나의 자아들은 당신과 함께 가고,오직 나만 남아서;
그림자 유령 모형 혹은 그래 보이는 것
(거의 누구나이지만 언제나 누군가의 아무도아닌)

아무도아닌은,그들의 귀환과 당신의 귀환 때까지,
그의 외로움에 영원을 보내고
당신의 아침에 그들의 눈이 떠지는 것을 꿈꾸며

그들의 별이 당신 하늘을 통해 떠오르는 걸 느낍니다:

그러니,사랑이라는 이름은 얼마나 자비로운지,내가
자기없음을 견딜 수 있을 정도로만 머물라
낯선 이가 내 삶 그 자체를 팔로 껴안을 때 그 순간의
부재를 견딜 만큼만 그 부재는 당신의 것

—모든 두려움이 희망이 신념이 의심이 사라질 때.
어디에서나 완벽한 일체의 기쁨 속에 우리가 있다

9

your homecoming will be my homecoming—

my selves go with you,only i remain;
a shadow phantom effigy or seeming
(an almost someone always who's noone)

a noone who,till their and your returning,
spends the forever of his loneliness
dreaming their eyes have opened to your morning

feeling their stars have risen through your skies:

so,in how merciful love's own name,linger
no more than selfless i can quite endure
the absence of that moment when a stranger
takes in his arms my very life who's your

—when all fears hopes beliefs doubts disappear.
Everywhere and joy's perfect wholeness we're

10

하나는 둘의 반이 아니다. 둘이 하나의 절반일 뿐:
반들은 다시 합쳐지면,죽음도
어떤 수량도 발생시키지 않는다;하지만
모든 셀 수 있는 대부분과 실제적 초과보다 더

엄중한 기적을 모르는 마음들
이 모든 진실—비정한 그들을 조심하라
(메스를 주면,그들은 키스를 해부한다;
아님,이성을 팔고,꿈을 꿈꾸지 않는다)

하나는 악당과 천사들이 부르는 노래다:
인간이 하는 모든 살인적 거짓말은 둘을 만든다.
거짓말쟁이들을 시들게 하자,그들이 꾸어 온 삶을
갚으라고;
우리는(죽으면서 태어난다는 재능에 의해)자라야만
한다

어둠 속 깊은 곳에서 최소한의 우리로
사랑이 그의 해에만 달린다는 걸 기억하면서.

모두 잃고,전부를 찾으며

10

one's not half two. It's two are halves of one:
which halves reintegrating,shall occur
no death and any quantity;but than
all numerable mosts the actual more

minds ignorant of stern miraculous
this every truth—beware of heartless them
(given the scalpel,they dissect a kiss;
or,sold the reason,they undream a dream)

one is the song which fiends and angels sing:
all murdering lies by mortals told make two.
Let liars wilt,repaying life they're loaned;
we(by a gift called dying born)must grow

deep in dark least ourselves remembering
love only rides his year.
                        All lose,whole find

11

고요하게 만약,알 수 없는
밤의 극한의 무로부터,자그마한 짐작이 거닌다면
(오직 이 세계뿐일 터)내 삶은 당신의 미소가
노래하는 신비보다 더욱 뛰어오르지 않지요

혹은(아주 선명하게 나선을 그리며
그들은 망각을 기어오르네)목소리들이 곧 꿈이라면,
나의 깊은 죽음이 당신의 입맞춤이 되는 것보다
못한 땅이 필시 천국으로 덜 헤엄쳐 갈 텐데

나 자신으로 보이는 것들을 당신을 통해 잃으
면서,나는
믿기 어려운 정도로 내 것인 자신들을 발견합니
다;슬픔
자체의 기쁨을 넘어 희망하는 일의 바로 그 두려
움을 넘어

당신의 것은 내 영혼이 태어나는 빛:
당신의 것은 내 영혼이 귀환하는 어둠
—당신은 나의 태양,나의 달,그리고 나의 모든 별

11

silently if,out of not knowable
night's utmost nothing, wanders a little guess
(only which is this world)more my life does
not leap than with the mystery your smile

sings or if(spiralling as luminous
they climb oblivion)voices who are dreams,
less into heaven certainly earth swims
than each my deeper death becomes your kiss

losing through you what seemed myself,i find
selves unimaginably mine;beyond
sorrow's own joys and hoping's very fears

yours is the light by which my spirit's born:
yours is the darkness of my soul's return
—you are my sun,my moon,and all my stars

12

증오가 절망의 거품을 불어넣네
거대함에 세계에 체계에 우주에 그리고 펑
—두려움이 내일 하나를 비통함에 묻으면
가장 푸르고 젊은 어제가 온다

기쁨과 고통은 단지 표면일 뿐이며
(하나는 스스로 내보이고;하나는 스스로 숨긴다)
삶의 유일하고 진정한 가치는 무엇도 아니고
사랑은 동전의 얇은 두께를 이룬다

여기 한 남자가 죽음이란 부인으로부터
절대라곤 없는 지금과 겨울 없는 봄으로부터 오는가?

그녀는 자기 손가락으로 영혼을 휘감고
그에게 아무것도 주지 않는다(만약 그가 노래하지
않는다면)

우리 둘에게 얼마만큼이 충분한 것일까
그대여. 그리고 만약 내가 노래한다면 당신이 나의
목소리라네,

218

12

hate blows a bubble of despair into

hugeness world system universe and bang

—fear buries a tomorrow under woe

and up comes yesterday most green and young

pleasure and pain are merely surfaces

(one itself showing,itself hiding one)

life's only and true value neither is

love makes the little thickness of the coin

comes here a man would have from madame
death

neverless now and without winter spring?

she'll spin that spirit her own fingers with

and give him nothing(if he should not sing)

how much more than enough for both of us

darling.　And if i sing you are my voice,

13

시간에 맞춰 있듯 시간없는상태로 있기,
사랑은 시작된 것이 아니며 끝나지도 않을 것이다;
숨 쉴 것이 거닐 것이 헤엄칠 것이 아무것도 없는 곳에서
사랑은 공기고 바다고 땅이어라

(연인들은 고통받는가?모든 신성은
자랑스럽게 죽음 같은 육체를 입고 내려온다:
연인들은 기쁜가?그들의 작디 작은 기쁨의
세계만이 한 가지 바람으로부터 탄생한다)

사랑은 모든 고요 아래의 목소리,
고통 속 반대 없는 희망;
내재한 힘은 너무도 강력해서 외부의 힘은 무력하다:
태양보다 우선하고 별보다 뒤늦게 오는 진실

─연인들은 사랑하는가?그렇다면 왜 지옥과 함께 천국
으로 가는가.
그 어떤 현자가 말하고 속인대도,모든 것이 좋다

13

being to timelessness as it's to time,
love did no more begin than love will end;
where nothing is to breathe to stroll to swim
love is the air the ocean and the land

(do lovers suffer?all divinities
proudly descending put on deathful flesh:
are lovers glad?only their smallest joy's
a universe emerging from a wish)

love is the voice under all silences,
the hope which has no opposite in fear;
the strength so strong mere force is feebleness:
the truth more first than sun more last than star

—do lovers love?why then to heaven with hell.
Whatever sages say and fools,all's well

VI. 함께물드는 순간을 얻기

ACHIEVING THE TOGETHERCOLOURED INSTANT

1

내 여자는 키가 크고 강하고 긴 눈을 가졌다

그녀가 서면,그녀의 길고 강한 손이 그녀의 드레
스 위에서

침묵을 지키고 있고,수면에 좋은

그녀의 길고 단단한 몸은 놀라움으로 가득 차 있다

마치 하얗고 충격적인 선처럼,그녀는 미소를 짓고

단단하고 긴 미소는 종종

명랑하게 흘러 나를 간지럽히다 못해 따갑게 훑고,

그녀 눈의 연약한 소란은 손쉽게

나의 조급함을 가장자리까지 몰아넣는다 ―내
여자는 키가 크고

탄탄하며,정원 벽에서 일생을 보내

곧 죽게 될, 덩굴처럼 가는 다리를

가졌다.   우리가 이 다리로

단호하게 침대로 **갈** 때면 그녀는 들썩거리며 나를

휘감기 시작하고,나의 얼굴과 머리에 입 맞춘다.

1

my girl's tall with hard long eyes

as she stands,with her long hard hands keeping

silence on her dress,good for sleeping

is her long hard body filled with surprise

like a white shocking wire,when she smiles

a hard long smile it sometimes makes

gaily go clean through me tickling aches,

and the weak noise of her eyes easily files

my impatience to an edge—my girl's tall

and taut,with thin legs just like a vine

that's spent all of its life on a garden-wall,

and is going to die.   When we grimly go to bed

with these legs she begins to heave and twine

about me,and to kiss my face and head.

2

오 이 속에서 깨어나는 것은 좋지,그녀의 유쾌한 배의

장난스러운 지루함이 주는 엉성한 점액질 키스 속에서

—태양이 떠오르기 시작할 때(열렬한 무의식의 입술이

문장을 만들며 주름지는데,그건 마치 가장 어린

천사들의 음악이 갑자기 그 아기자기한 목들을 쭈욱

늘려서

지옥의 능숙한 수수께끼들이

어떻게 언제나 꿈틀대는지만을 보기 위한 듯)나는

갑자기

최상의 섹스가 주는 웃음 속에 사로잡힌다.

예의 그 좋은 오래된 여름날에.

나의 아름다운 총알은 간지럼 태우는 직관적 비행 속에서

아파하고,그저,단순하게,그녀의,안으로. 목마른

동요. (여름이어야만 할 것이다. 쉿. 벌레들.)

하지만 침대에 눕는 것이 더 좋다

                              —응? 나는

아닌데. 다시. 쉿. 신이시여. 안아 줘. 꼭.

2

O It's Nice To Get Up In,the slipshod mucous kiss

of her riant belly's fooling bore

—When The Sun Begins To(with a phrasing crease

of hot subliminal lips,as if a score

of youngest angels suddenly should stretch neat

necks

just to see how always squirms

the skilful mystery of Hell)me suddenly

grips in chuckles of supreme sex.

In The Good Old Summer Time.

My gorgeous bullet in tickling intuitive flight

aches,just,simply,into,her.　Thirsty

stirring.　(Must be summer.　Hush.　Worms.)

But It's Nicer To Lie In Bed

　　　　　　　　　　—eh?　I'm

not.　Again.　Hush.　God.　Please hold.　Tight

3

(생각해 봐,그대,좀먹은 광장의
이 망가진 동상들을 주의깊게 봐
무엇이 남았는지를
—돌이 움츠리며
돌에 들러붙는데,얼마나 구식인지

입술은 남아 있는 미소를 보이는데……
말하기를

몇 가지 지워진 감촉들
혹은 의미의 기념비들과 인형들

조심스러운 시간의 **가장 탐**욕스러운 **손**아귀에
저항하나
그 모든 것은 극도로
중요하지 않다)반면 **삶**은

중요하다 만약 아니라면

당신의-그리고 나의-
한가한 수직의 무가치함이

3

(ponder,darling,these busted statues

of yon motheaten forum be aware

notice what hath remained

—the stone cringes

clinging to the stone,how obsolete

lips utter their extant smile....

remark

a few deleted of texture

or meaning monuments and dolls

resist Them Greediest Paws of careful

time all of which is extremely

unimportant)whereas Life

matters if or

when the your-and my-

idle vertical worthless

self unite in a peculiarly

기이한 순간에
동반자 관계를

맺는다면(건설적인
수평적
     관계를
건설하기 위해……그렇다 하더라도, 우리를 서두
르게 하소서

　―잘 생각하시길 이것이 송수로를 망친 바 있으니

여인이여,
이는 어떤 것을 다른 어딘가로 인도한 것이므로)

momentary

partnership(to instigate

constructive

        Horizontal

business....even so,let us make haste

— consider well this ruined aqueduct

lady,

which used to lead something into somewhere)

4

그녀는 새

-것이라서;그러니 당신도
알다시피 조금
뻣뻣했고 그래서 나는
조심스러웠다(범용

조인트에 완전히 기름칠하고
나의 가스를 시험해 보며 그녀의
라디에이터를 느껴 보며 그녀의 스프링들을 확인.

했다.)나는 곧장 카뷰레터를 범람시켜 시동을 걸었

고,클러치를
미끄러져 밟았는데(그러고 나서 어쩐 일인지 후진이
걸려서 그녀가 발길질을
했다)다음에
나는 중립으로 놓았고

다시 천천-히;가까스,로 찌르. 면서(나의

4

she being Brand

-new;and you
know consequently a
little stiff i was
careful of her and(having

thoroughly oiled the universal
joint tested my gas felt of
her radiator made sure her springs were O.

K.)i went right to it flooded-the-carburetor
cranked her

up,slipped the
clutch(and then somehow got into reverse she
kicked what
the hell)next
minute i was back in neutral tried and

again slo-wly;bare,ly nudg.   ing(my

지렛-대 오른쪽-
오 그리고 A 1 모양의
그녀의 기어는
일 단에서
이 단으로-삼 단으로 번개처럼 빠르게)우리가
신성 가(街)의 코너를 돌 때

나는 액셀을 밟고 그녀에게 생기를

주었다,좋은

　　　　　(그건

첫 번째 라이드였고 믿기를 나는 우리는
그녀가 마지막 그 순간에 얼마나 좋게 움직였는지를
보는 게 행복했다 대중
정원에서 내려오며 나는 밟아 댔다

그
내부의확장을
&
외부의수축을
브레이크를 밟고 둘이한번에 그리고

lev-er Right-

oh and her gears being in

A 1 shape passed

from low through

second-in-to-high like

greasedlightning)just as we turned the corner of Divinity

avenue i touched the accelerator and give

her the juice,good

        (it

was the first ride and believe i we was

happy to see how nice she acted right up to

the last minute coming back down by the Public

Gardens i slammed on

the

internalexpanding

&

externalcontracting

brakes Bothatonce and

그녀의모든것을 내어놓고 떨리

-는

죽을:듯이.

가만

;하게)

brought allofher tremB

-ling

to a:dead.

stand

;Still)

5

ㅈ ㅣ

　ㄱ

　ㅁ

　천

ㅊㅓㄴㅎ

　ㅣ

신이시여

그거야

5

n w

O

h

S

LoW

h

myGODye

s s

6

"생각해 봐:얼마 전까지만 해도
여긴 마을이었어"

"응;나도알아"

"기도하고 노래하던 사람들의 마을:
아니 내가 틀렸나?"

"아니,틀리지 않았어"

"그리고 칠 일 중에 육 일을 지옥처럼 일했지"
"살았던 것처럼 죽으려고:천국을 희망하면서"

"두 갈래 길이 여기서 만나지 않았던가?"

"만났지;
그리고 저쪽엔 사택이 있었고"

"내가 파란-하늘 같은 눈과 태양 같은-노란
머리카락을 가진 여자애를 기억하나?"

"너 기억해?"

"물론이지"

"그거 정말 이상하다,

6

"think of it:not so long ago

  this was a village"

            "yes;i know"

"of human beings who prayed and sang:

or am i wrong?"

            "no,you're not wrong"

"and worked like hell six days out of seven"

"to die as they lived:in the hope of heaven"

"didn't two roads meet here?"

                "they did;

and over yonder a schoolhouse stood"

"do i remember a girl with blue-

sky eyes and sun-yellow hair?"

                "do you?"

"absolutely"

        "that's very odd,

나는 주근깨 박힌 남자애 하나를 잊은 적 없거든"

"그 여자애랑 남자애에게 무슨 일이 일어났을까?"
"아마 깨어나서 꿈이라고 불렀을 수도"

"이 꿈에서 초록빛이면서 금빛인 초원도
있었나?"
            "잔잔한 개울이 그 초원을 가로질러 흘렀지"

"클로버는 여전히 그런 냄새가 나는지 궁금해;
풀을 벤 직후에 말이야"
                        "갓 벤 풀들로 가득했지"

"그리고 그림자들과 소리들과 고요들"
"맞아,헛간은 마법 같은 공간일 수 있었어"

"아무것도 똑같지 않네:그치"
                        "어떤 건 여전히
남아 있어,친구야;언제나 그럴 거야"

"말하자면?"
            "모든 여자가 알고 있다면,

for i've never forgotten one frecklefaced lad"

"what could have happened to her and him?"
"maybe they waked and called it a dream"

"in this dream were there green and gold
meadows?"
                    "through which a lazy brook strolled"

"wonder if clover still smells that way;
up in the mow"
                        "full of newmown hay"

"and the shadows and sounds and silences"
"yes,a barn could be a magical place"

"nothing's the same:is it"
                                "something still
remains,my friend;and always will"

"namely?"
              "if any woman knows,

백만 명 중 한 남자 정도는 추측할 수 있어
야 한다는 것"

　　"절대로 죽지 않는 꿈들은 어때?"
　　"하늘의 끝에서 왼쪽으로 돌아서 봐"

　　"가슴이 솟기 시작한 여자애들은 어딨지?"
　　"핀으로 물고기 낚는 남자애들 아래"

one man in a million ought to guess"

"what of the dreams that never die?"

"turn to your left at the end of tIle sky"

"where are the girls whose breasts begin?"

"under the boys who fish with a pin"

봐 봐
내 손가락들,널
만졌던 것
그리고 너의 따스함과 산뜻한
작음
—보여? 내 손가락을
닮지 마. 내 손목과 손들
너의 부드러운 고요를 조심스레
감쌌던 것들(그리고 너의 몸
미소 눈 팔 손)
은 달라졌어
원래의 모습으로부터. 나의 팔에선
너의 모든 것이 가만히 접혀
안겼었지,마치
이파리나 어떤 꽃처럼
봄이 제 **스스**로 너를
피워 낸 듯,그 팔은 내 팔이
아니야. 나는 이 몸을 나의 몸으로
알아보지 못하겠어 이전에 나는
거울 속에 나를 찾았는데. 나는
믿지도 못하겠어

7

look

my fingers,which

touched you

and your warmth and crisp

littleness

—see?do not resemble my

fingers.　My wrists hands

which held carefully the soft silence

of you(and your body

smile eyes feet hands)

are different

from what they were.　My arms

in which all of you lay folded

quietly,like a

leaf or some flower

newly made by Spring

Herself,are not my

arms.　I do not recognise

as myself this which i find before

me in a mirror.　i do

not believe

내가 이것들을 본 적이 있었는지;
당신이 사랑하는 누군가
그리고 나보다 더 가늘고
키가 큰
사람이 들어왔고 내가 더러 대화를
나누던 어떤 입술이 되었어,
새로운 사람이 살아 있고
내 몸짓을 하거나
아님 아마도
내 목소리로
놀고 있는
당신인 것 같아.

i have ever seen these things;

someone whom you love

and who is slenderer

taller than

myself has entered and become such

lips as i use to talk with,

a new person is alive and

gestures with my

or it is perhaps you who

with my voice

are

playing.

8

가끔 나는 살아 있다 왜냐하면 나와
함께 그녀의 경계하는 나무 같은 몸이 잠들면
거기에 나는 천천히 날카로워짐을 느끼고
사랑으로 천천히 더욱 뚜렷해지고 있기 때문에,
내 어깨에 달콤하게 이를 박아 넣는 사람
우리가 **봄**이풍기는냄새를 얻을 때까지
강렬하고 거대하게 함께물드는 순간

즐겁게 섬뜩한 그 순간

그때,그녀의 입이 갑자기 솟고,완전히
내 것과 함께 강렬하게 장난치기 시작한다
(그리고 움츠리고 헐떡거리는 허벅지에서부터
살인적인 비가 튀어 오른다 위쪽
으로 가장 깊은 유일한 꽃에 닿는다 그건 그녀가
그녀의 엉덩이의 몸짓으로 품고 있는 것)

8

sometimes i am alive because with
me her alert treelike body sleeps
which i will feel slowly sharpening
becoming distinct with love slowly,
who in my shoulder sinks sweetly teeth
until we shall attain the Springsmelling
intense large togethercoloured instant

the moment pleasantly frightful

when,her mouth suddenly rising,wholly
begins with mine fiercely to fool
(and from my thighs which shrug and pant
a murdering rain leapingly reaches the
upward singular deepest flower which she
carries in a gesture of her hips)

9

나는 내 몸을 좋아한다 그게 당신의 몸과 함께
있을 때면. 그건 꽤나 새로운 무언가다.
더 좋은 근육들 더 민감한 신경들.
나는 당신의 몸을 좋아한다. 나는 그 몸이 하는
일을 좋아하고,
나는 그 몸이 어떻게 하는지도 좋아한다. 나는
당신 몸의 척추와
뼈를,그리고 그-단단하고-부드러운 떨림을
느끼는 걸 좋아한다 그리고 거기에 나는
다시 그리고 다시 그리고 다시
입 맞추고, 나는 당신의 여기에 저기에 입 맞추
는 걸 좋아하고,
나는 좋아한다,천천히 쓰다듬는 걸,당신의 찌릿
한 털의
전율하는 솜털을,그리고 그건-뭐-였지 하는 순간은
몸이 떨어지는 순간에 온다……그러면 눈은 커
다란 사랑의-부스러기들,

그리고 나는 좋아한다 내 아래에서

꽤나 새로워진 당신의 황홀감을

9

i like my body when it is with your

body.   It is so quite new a thing.

Muscles better and nerves more.

i like your body.   i like what it does,

i like its hows.   i like to feel the spine

of your body and its bones,and the trembling

-firm-smooth ness and which i will

again and again and again

kiss,   i like kissing this and that of you,

i like,slowly stroking the,shocking fuzz

of your electric fur,and what-is-it comes

over parting flesh....And eyes big love-crumbs,

and possibly i like the thrill

of under me you so quite new

VII. 키티, 미미, 마르지와 친구들

KITTY, MIMI, MARJ, AND FRIENDS

1

육달러를
쓰고

싶다 얘야
        2달러 는 방 값
그리고
        사 달러는   여자에게
그여자는 아무래도

열넷도 안되어보였지만   그녀가 웃기 전까진
                                      그 다음엔

몇세기가지났고   그녀는
                        부드럽 게

반복했다
그   머라고 요
        자기
        쓰고싶
        다고요

        육

    달러를

256

1

wanta

spendsix

dollars Kid

      2 for the room

and

      four   for the girl

thewoman wasnot

quite Fourteen   till she smiled

                          then

Centuries   she

            soft ly

repeated

well   whadyas ay

      dear

      wan

      taspend

     six

    Dollars

2

스물일곱 놈팽이들이 매춘부를 훑어
-본다. 쉰셋(만약 하나가 볼 수 있었다면 보았겠지)

눈이 말한다 가슴이 너무도 보기 좋다고:
탄탄하고부드럽게 살짝 흔들린다고,

열셋의 바지가 짐작하듯이
삼차원적 곤란 속에서 시인한다
이 엉덩이들은 **수평**의 **사업**을 위해 만들어졌을
거라고
(꼬집기 좋은 큰 다리 위에

세워져 성실하게 서로를
스쳐 대며). 그 숙녀가 나른하게 뽐내듯 걸을 때
                                    (그녀의
두터운 육체는 시장에선 팔리지 않는 홍분감의 진정한
눈부심보다 우월하고,

그녀의 부주의한 움직임들은 조심스레 흩뿌린다

핑크빛 절멸의 선동을

258

2

twentyseven bums give a prostitute the once
-over. fiftythree(and one would see if it could)

eyes say the breasts look very good:
firmlysquirmy with a slight jounce,

thirteen pants have a hunch
admit in threedimensional distress
these hips were made for Horizontal Business
(set on big legs nice to pinch

assiduously which justgraze
each other). As the lady lazily struts
                                        (her
thickish flesh superior to the genuine daze
of unmarketable excitation,

whose careless movements carefully scatter

pink propaganda of annihilation

3

안녕 베티,나를 기억하지 마시오
당신의 눈을 예쁘게 그리고 좋은 시간 보내시오
키 크고 잘생긴 소년들과 함께 타바리에
서,치아는 계속 하얗게 유지하고,맥주와 라임을
고수하면서,
어둡게 입고,당신의 가슴이 둥그렇게 보이는 곳엔
장미를 달아다오 그대여,그게 내가 당신에게 바
라는 유일한 것—
하지만 빛이 꺼지고 이 달콤하고 심오한
파리가 연인들과 가 버리면,둘씩 둘씩
저들끼리 가 버리면,열정적으로 황혼이
부드럽게 세상의 향기를 내려앉히면
(그리고 더 작은 별들이 천국의 껍질을 벗겨 내기
시작하고)그대, 그대는 정확히 창백해지고 동그
마해지며

신비로운 입술이 황혼을 지닌다네 내가 아는 그 곳:
죽음에게 **사랑**이 그렇고 그렇다는 걸 증명한다네.

3

goodby Betty,don't remember me

pencil your eyes dear and have a good time

with the tall tight boys at Tabari'

s,keep your teeth snowy,stick to beer and lime,

wear dark,and where your meeting breasts are
round

have roses darling,it's all i ask of you—

but that when light fails and this sweet profound

Paris moves with lovers,two and two

bound for themselves,when passionately dusk

brings softly down the perfume of the world

(and just as smaller stars begin to husk

heaven)you,you exactly paled and curled

with mystic lips take twilight where i know:

proving to Death that Love is so and so.

"키티". 열여섯,5'1",흰,매춘부.

언제나 해야만 한다와 할 것이다의 손길을 피하는,
그녀의 매끄러운 몸은 **죽**음의 가장 작은 친구다,

재빠른 보드라움에 능숙하지. 잘 짜이고. 귀엽고.

나쁜 평판을 상징하는 향기는
다정하고 느린 동물에게 집중된다
바닥 없는 시선은 중요하게도 시시하고,

키티. 창녀. 열여섯
                 너라는 굉장한 야수는
시간이 지날수록 영리한 장난들로 즐거워하는데
이들은 무서워하며 일요일 꽃을 지키는 자들이다.
아기의가슴을 한 계집 "키티"는 여덟 살의 두 배

─맥주는 아무것도 아니니,여인은 위스키-사워를
마실 거야─

그녀의 전혀 놀랍지 않은 미소는 가장 위대한
불평등한 영혼들의 가장 큰 공통분모.

4

"kitty". sixteen,5' 1",white,prostitute.

ducking always the touch of must and shall,
whose slippery body is Death's littlest pal,

skilled in quick softness. Unspontaneous. cute.

the signal perfume of whose unrepute
focusses in the sweet slow animal
bottomless eyes importantly banal,

Kitty. a whore. Sixteen
                              you corking brute
amused from time to time by clever drolls
fearsomely who do keep their sunday flower.
The babybreasted broad "kitty" twice eight

—beer nothing,the lady'll have a whiskey-sour—

whose least amazing smile is the most great
common divisor of unequal souls.

5

그녀의 배가 마치 하나의 군단처럼 나를
관통한 시. 그녀의 비강에서 발까지

그녀는 고요의 냄새를 풍겼다. 그녀의 반가운 다리의

영감 받은 밑창이 나의 분리된 욕망들을
유일한 덩어리로 끌어당겼고
                              그녀의 머리카락은 가스와 같아서
느껴지기에 악랄했다. 통제하기 힘든……

                                        그녀의
강인한 느릿함 속 피박동이
유럽이 가진 당김음의 속임수를 반복하려 시도한다

ㅡ. 어느 날 나는 내가 선 곳에서 나를 만지는 산을
느꼈다 (아마도 구 마일은 떨어져 있을). 봄이었고

해가ㅡ들썩였다. 다정하게 뒤섞어 버리는 공기로
꽃봉오리가 많다는 건 중요했다. 골짜기는 내 눈에
간질이는 강을 흘려 넣었고,

264

5

the poem her belly marched through me as
one army.   From her nostrils to her feet

she smelled of silence.   The inspired cleat

of her glad leg pulled into a sole mass
my separate lusts
                    her hair was like a gas
evil to feel.   Unwieldy....

                                        the bloodbeat
in her fierce laziness tried to repeat
a trick of syncopation Europe has

—. One day i felt a mountain touch me where
i stood (maybe nine miles off).   It was spring

sun-stirring.   sweetly to the mangling air
muchness of buds mattered.   a valley spilled
its tickling river in my eyes,

죽임 당한

세계가 마치 튕겨진 현악기 줄처럼 꼼지락거렸다.

the killed

world wriggled like a twitched string.

6

더가까이:내 숨의 숨:당신 팔다리의 간지러움을

내게서 가져가지 말 것:나의 고통을 그들의 엄청난

식사로 만들것

당신의 보드라운 다정함의 호랑이들이

새로운 뒤섞임의 무언의 만개 속에서 천천히 훔치게 둘 것:

더 깊이:내 피의 피:위로향하는움츠림과 함께

신속함이 이 하얀 꿈의 표범들을

내 두려움의 반가운 육체 속으로 던져 넣을 것:좀 더 정교하게

이 어둠의 핵심을 깎고:쓸린 입술에

악의를 띤 광기의 꽃을

미친 빛으로 꿈틀거리는 늘어진 눈에는

현기증 나는 불꽃을 조각할 것.

입 있는 집들 사이로 **탐**색하는 회색이 휘감고

갈증에 허덕인다. **죽**은 별들에선 악취가 난다. 새벽. **어**
리석은,

한 소녀의 시적인 시체

6

nearer:breath of my breath:take not thy tingling

limbs from me:make my pain their crazy meal

letting thy tigers of smooth sweetness steal

slowly in dumb blossoms of new mingling:

deeper:blood of my blood:with upwardcringing

swiftness plunge these leopards of white dream

in the glad flesh of my fear:more neatly ream

this pith of darkness:carve an evilfringing

flower of madness on gritted lips

and on sprawled eyes squirming with light insane

chisel the killing flame that dizzily grips.

Querying greys between mouthed houses curl

thirstily.   Dead stars stink.   dawn.   Inane,

the poetic carcass of a girl

7

그녀의 키스의 더러운 색깔이 방금
목을 졸랐다
        피를 보는 나의 시선, 그녀 심장의 수다는

울고 있는 내 마음속 마천루에 고정되어

있다

   나는 그 눈의 취약한 껍데기를 물어뜯었고
(오직 뱃속의 기쁨만이 마치 사무처럼
나의 거대한 열정을 **북돋아** 주리라는 걸
헐떡거리는 그녀 다리의 Y자가 밀면서

폭신한 욕망의 오믈렛을 밀어낸다 느낄 뿐)
정확히 여섯 시에
        알람이 울리고

그녀 볼에는 두 보조개. 뇌가 새벽을 응시했다.
그녀는 일어나더니

        노란 하품을 쏟아 내고

7

the dirty colours of her kiss have just
throttled

       my seeing blood,her heart's chatter

riveted a weeping skyscraper

in me

      i bite on the eyes' brittle crust
(only feeling the belly's merry thrust
Boost my huge passion like a business
and the Y her legs panting as they press

proffers its omelet of fluffy lust)
at six exactly

      the alarm tore

two slits in her cheeks. A brain peered at the dawn.
she got up

      with a gashing yellow yawn

이것저것 치면서 비틀비틀 컵으로 향했다.

그녀는 녹초가 되어 바닥에서 무언가를 집었고

그녀의 머리는 헝클어졌고, 끈을 묶으면서 그녀는 기침을 했다

and tottered to a glass bumping things.

she picked wearily something from the floor

Her hair was mussed,and she coughed while

tying strings

8

마저리를 만들면서 신은 서둘렀다
의심할 여지없는 소녀의 다리 위에
한 소년의 몸을. 그의 왼쪽 손은
석영 같은 얼굴을 캐냈다. 그의 오른손은
그녀 입의 유쾌하고 크고 생생하고
사나운 야채를 철썩 때렸다.
그 모든 것에 그가 갑자기 박수를 친다
베르무트-색의 작은
일몰. 머리카락. 그는 그녀의 입술 사이에
축축한 실수를 얹어 놓고,먼지 쌓인 그녀의 이제는
쓸모없는 시선의 새-로움이 시작되면서,
그녀의 향기가 내게 눈물을 퍼부었다. 기댄다……
조금 내게로,이
달러로 내가 그녀의 엉덩이를 소년과 소녀로 채웠을 때

8

in making Marjorie god hurried

a boy's body on unsuspicious

legs of girl. his left hand quarried

the quartzlike face. his right slapped

the amusing big vital vicious

vegetable of her mouth.

Upon the whole he suddenly clapped

a tiny sunset of vermouth

-colour. Hair. he put between

her lips a moist mistake,whose fragrance hurls

me into tears,as the dusty new-

ness of her obsolete gaze begins to. lean....

a little against me,when for two

dollars i fill her hips with boys and girls

9

짐승 같은
마르지의 가슴 사이로
큰 남자들이
누워 있다 그들은

마르지의 구석구석깨끗하고 쓰다듬을 만한
몸을 칭찬했다   이 남자들의
손가락이 나무통을 던지고
자루를 섞고 케그통을 돌리고 그들은

맥주를
애정을
담아
감싼다

　세상은
이 남자들의 손을 가졌지만 그들의
크고 술 취한 몸은
마르지에게

속해 있다

9

between the breasts

of bestial

Marj lie large

men who praise

Marj's cleancornered strokable

body   these men's

fingers toss trunks

shuffle sacks spin kegs they

curl

loving

around

beers

    the world has

these men's hands but their

bodies big and boozing

belong to

Marj

두툼한금색에
얼굴을 여는
마른초록색 지갑

웃는다
만세
누워 있는
큰 남자들을 위해 만세

짐승 같은 마르지의
가슴 사이에
강한 남자들
릴의

다리 사이에서 자는

the greenslim purse of whose

face opens

on a fatgold

grin

hooray

hoorah for the large

men who lie

between the breasts

of bestial Marj

for the strong men

who

sleep between the legs of Lil

VIII. 인간의 차원

THE DIMENSIONS OF BEING HUMAN

1

느낌이 우선이기 때문에
사물의 구문론에
어떤 관심이라도 쏟은 누군가는
절대로 당신에게 온전히 입 맞추지 않을 것이다;

세상에 **봄**이 있는 동안엔
온전히 바보가 되기

내 피가 승인한다,
입맞춤은 지혜보다
더 나은 운명이라고
여인이여 내가 모든 꽃에 걸고 맹세하겠소. 울
지 마시오
—내 두뇌 최고의 표현도
당신 눈꺼풀의 떨림보다 못하며 그것이 말합니다

우리가 서로를 위해 존재한다고:그러니
웃고,내 팔에 안겨 기대시오
삶은 한 문단이 아니니까

그리고 죽음은 내 생각엔 괄호 안의 것도 아니므로

1

since feeling is first
who pays any attention
to the syntax of things
will never wholly kiss you;

wholly to be a fool
while Spring is in the world

my blood approves,
and kisses are a better fate
than wisdom
lady i swear by all flowers.   Don't cry
—the best gesture of my brain is less than
your eyelids' flutter which says

we are for each other:then
laugh,leaning back in my arms
for life's not a paragraph

And death i think is no parenthesis

2

모든 무지가 썰매를 타고 앞으로 가고
다시 무지의 언덕을 힘겹게 오른다:
하지만 겨울은 영원하지 않고,심지어 눈도
녹는다;만약 봄이 이 게임을 망친대도,어쩌란 말인가?

모든 역사는 하나 혹은 세 개 정도의 겨울 스포츠:
하지만 다섯 개였대도,나는 여전히 주장할 것이다
모든 역사가 나 하나에게도 작다고;
나와 당신에게,극도로 작다고.

당신 무덤으로의(날카로운 집단의 신화여)급습은
모든 매지와 마벨 딕과 데이브에게
시끄러울 지경으로 고달픈 것일 뿐
—내일은 우리의 영구적 주소

거기서 그들은 우리를 거의 찾지 못할 것이고(만약
찾는다면,
여전히 더 멀리 이동할 것이다:지금 속으로

2

all ignorance toboggans into know
and trudges up to ignorance again:
but winter's not forever,even snow
melts;and if spring should spoil the game,what then?

all history's a winter sport or three:
but were it five,i'd still insist that all
history is too small for even me;
for me and you,exceedingly too small.

Swoop(shrill collective myth)into thy grave
merely to toil the scale to shrillerness
per every madge and mabel dick and dave
—tomorrow is our permanent address

and there they'll scarcely find us(if they do,
we'll move away still further:into now

3

당신이 잃지 않은 것을 찾는다는 기만
(존재하는 건 기만적이다:하지만 산다는 건 선물이지)
당신이 떠난 적 없는 곳으로 언제나
도착하는 것처럼 꾸미는 걸 가르칠 수 있는 가식

(나는 생각하는 것을 가리킨다)한 가지 형편없는 오해에
기반을 두고 있다;즉
유인원도 천사도 아니고 인간이라 불린 이가
따옴표 열고 아이 큐'로 따옴표 닫고 측정된다는 것.

그것보다 훨씬 나은 것은,모든 여성인
(어떤 사랑없는 지하세계의
최고로교묘한술책에도 불구하고)여성이라면 안다
는 것이다;
특정한 남자도 어쩌면 알았을 수도

짐작할 수 있겠죠?"
                    "맞춰 보죠"재능있는 그녀가 말했다:
그러곤 나의 나보다더나다운 여주인 역할을 했다

3

the trick of finding what you didn't lose
(existing's tricky:but to live's a gift)
the teachable imposture of always
arriving at the place you never left

(and i refer to thinking)rests upon
a dismal misconception;namely that
some neither ape nor angel called a man
is measured by his quote eye cue unquote.

Much better than which,every woman who's
(despite the ultramachinations of
some loveless infraworld)a woman knows;
and certain men quite possibly may have

shall we say guessed?"
                    "we shall" quoth gifted she:
and played the hostess to my morethanme

4

너무도 많은 똑딱
사방의 시계들이 사람들에게 말한다
딱똑 시간이 무엇인지 예를
똑똑 들면 오 딱 분 딱
지나서 육 똑

봄은 규제되지 않아서
질서를 벗어나지도 않고 그
손이 약간의 떨림으로
숫자들 위를 천천히 움직이지도 않는다

　　　　　우리는
그것을 감지 않으며 무게추도
스프링도 바퀴도 그 가느다란 몸 안엔
없다, 정말이지 그대여
그런 게 전혀 없다.

(그러니,키스 봄이 올 때
우리는 서로의 키스에 키스하고 입술에 키스를
키스한다 왜냐하면 똑 시계들은 딱
딱똑의 차이를 만들지 않으니까

4

there are so many tictoc

clocks everywhere telling people

what toctic time it is for

tictic instance five toc minutes toc

past six tic

Spring is not regulated and does

not get out of order nor do

its hands a little jerking move

over numbers slowly

                             we do not

wind it up it has no weights

springs wheels inside of

its slender self no indeed dear

nothing of the kind.

(So,when kiss Spring comes

we'll kiss each kiss other on kiss the kiss

lips because tic clocks toc don't make

a toctic difference

당신에게 키스키스하고
나에게 키스하기 위해서)

to kisskiss you and to

kiss me)

5

몇 시지?모든 별마다
다른 시간이며,각각이 가장 거짓으로 진실하다;
인간이하의 초인적정신 같은 게 선언하듯이

―그 모든 시간이 나와 당신을 둘러싸지는 않는다:

우리가 절대로 아닌 때는 없으며,영원히 지금이다
(영원의 주인;보이는 것의 손님이 아닌)
나를 믿어 주길,그대여,시계들은 충분히 할 일이 있다

시간없음과 시간을 혼동하지 않더라도.

시간은 아이에게,시인에게,연인에게 말할 수 없고―
상상을,미스터리를,입맞춤을 측정할 수도 없다
―인간이 느끼기보다 차라리 알고 싶어 하더라도;

그 시간없음을 극도로 불신하면서

그것의 부재가 당신의 나의 전 생을
(그리고 무한한 우리의)단지 반-죽음˚으로 만들 것
이니

5

what time is it?it is by every star
a different time,and each most falsely true;
or so subhuman superminds declare

—nor all their times encompass me and you:

when are we never,but forever now
(hosts of eternity;not guests of seem)
believe me,dear,clocks have enough to do

without confusing timelessness and time.

Time cannot children,poets,lovers tell—
measure imagine,mystery,a kiss
—not though mankind would rather know than feel;

mistrusting utterly that timelessness

whose absence would make your whole life and my
(and infinite our)merely to undie

6

어디든지 언제든지 간에
(하지만만약의 딸들 희망두려움의 자식들
아닌한의 아들들과 거의의 아이들)
그의 차원에 대해 절대로 추측하지

말 것 그의
각
발은 이
지구의 여기를 좋아하고

그의 양
눈은
사랑하니까
하늘의 이 지금을

—아니다의 끝이든지
절대로
상상하기를
시작하기를

시작하지 않을 것인데(오직 복수의그렇다만이 존재한다는 것이
새벽이었고 어두웠고 비였고 눈이었고 무지

6

wherelings whenlings
(daughters of ifbut offspring of hopefear
sons of unless and children of almost)
never shall guess the dimension of

him whose
each
foot likes the
here of this earth

whose both
eyes
love
this now of the sky

—endlings of isn't
shall never
begin
to begin to

imagine how(only are shall be were
dawn dark rain snow rain

-개였고 &
달

하나
의 저물녘
속삭
임

혹은 쏙독새들 사이로 날아드는 황혼 속 노래지빠귀거나
나무 들판 암석 접시꽃 숲 개울 박새
산. **산**)
왜냐하면의 왜색을입었을까의 세계는

영원히 & 태양냄새에
의해 만들어진 그렇다에 반대하지 않는다
(가끔 야생 장미에
대한 경의

가끔은)
저 헛간
너머
북쪽에서

-bow &

a

moon

's whis-

per

in sunset

or thrushes toward dusk among whippoorwills or

tree field rock hollyhock forest brook chickadee

mountain.   Mountain)

whycoloured worlds of because do

not stand against yes which is built by

forever & sunsmell

(sometimes a wonder

of wild roses

sometimes)

with north

over

the barn

7

한 남자를 상상하라, 그가 뭔가를 가졌다면
그것보다 좀 더 많은 것을 내어 줄 사람을

(그의 가을의 겨울은 여름의 봄으로 존재하고
십일월의 오월 속에 서 있는 것으로 감동한다)
누구의(그런 죽음없음상태의 고요한 왜들을
흐트러뜨리는 시끄러운 대부분의 어떻게라는 시간)
기억으로부터 어떤 인내 없는 정신이 낯설지 않게
배울 것인가(모든 지구의 썩어 가는 학자들은 추
측할 수 없을 것이다
인생은 살아가며 규칙을 찾는 게 아니란 것을)

그리고 어두운 시작들이 그의 빛나는 끝이고
불이 차가운 것보다 훨씬 덜 외로운 그가
연관 있는 사람을 달과 산에 친구로서 데리고 간다

─허벅지를 운명에 벌리고(할 수 있다면
아무것도 억제하지 않으면서)세계여, 남성을 잉
태하라*

7

conceive a man,should he have anything
would give a little more than it away

(his autumn's winter being summer's spring
who moved by standing in november's may)
from whose(if loud most howish time derange
the silent whys of such a deathlessness)
remembrance might no patient mind unstrange
learn(nor could all earth's rotting scholars guess
that life shall not for living find the rule)

and dark beginnings are his luminous ends
who far less lonely than a fire is cool
took bedfellows for moons mountains for
friends

—open your thighs to fate and(if you can
withholding nothing)World,conceive a man

8

죽는 것은 괜찮다)그치만 **죽음**은

?오
그대여
나는

좋아하지 않을 거야

죽음을 만약 **죽음**이
선
이라면:언제

쯤(생각하기를 멈추기 대신)당신은

그걸 느끼기 시작할까,죽는 것
은 신비롭다
왜?왜

냐하면 죽는 것은

완벽하게 자연스러우니까;완벽하게

8

dying is fine)but Death

?o
baby
i

wouldn't like

Death if Death
were
good:for

when(instead of stopping to think)you

begin to feel of it,dying
's miraculous
why?be

cause dying is

perfectly natural;perfectly

약간이나마
생생하게 만드니까(그러나

죽음

은 엄격하게
과학적이고
& 인공적이고 &

악이고 & 법적이고)

우리는 당신에게 감사드린다
신
죽는것에 강인한

(우리를 용서하소서,오 삶!**죽음**의 죄악

putting

it mildly lively(but

Death

is strictly

scientific

& artificial &

evil & legal)

we thank thee

god

almighty for dying

(forgive us,o life!the sin of Death

IX. 신화와 알레고리

MYTHS AND ALLEGORIES

1

예쁜 어떻게 마을에 살던 아무나는
(둥둥 떠다니는 그토록 많은 종을 매달고)
봄 여름 가을 겨울
그의 안 함을 노래하고 그의 함을 춤췄지요.

여자들과 남자들은(모두 자그맣고 작았는데)
아무나를 전혀 돌보았고
그들의 없음을 씨 뿌리고 그들의 같음을 거두었어요
해 달 별 비

아이들은 추측했죠(하지만 몇 뿐이었어요
자라나면서 잊었지요
가을 겨울 봄 여름)
아무도아닌이 그를 좀 더 사랑했음을

지금과 이파리인 나무에
그녀는 그의 기쁨으로 웃고 그의 슬픔으로 울었어요
눈의 새를 고요함의 동요를
아무나의 아무것도 그녀에겐 전부였죠

누군가는 그들의 모두와 결혼했고

1

anyone lived in a pretty how town

(with up so floating many bells down)

spring summer autumn winter

he sang his didn't he danced his did.

Women and men(both little and small)

cared for anyone not at all

they sowed their isn't they reaped their same

sun moon stars rain

children guessed(but only a few

and down they forgot as up they grew

autumn winter spring summer)

that noone loved him more by more

when by now and tree by leaf

she laughed his joy she cried his grief

bird by snow and stir by still

anyone's any was all to her

someones married their everyones

그들의 울음을 웃고 그들의 춤을 추었어요
(자고 일어나고 꿈꾸고 나서는)그들은
그들의 절대를 말하고 그들의 꿈을 잤죠

별 비 해 달
(그리고 오직 눈만이 설명할 수 있었어요
기억하기 위해 잊는 일에 어떻게 아이들이 최적화됐는지
둥둥 떠다니는 그토록 많은 종을 매달고)

어느 날 아무나가 죽었어요 제 생각에
(그리고 아무도아닌이 몸을 숙여 그의 얼굴에 입 맞췄죠)
바쁜 사람들이 그들을 나란히 나란히 묻고
조금씩 조금씩 있었어 있었어요

모두 모두가 깊이 깊이가
좀 더 좀 더가 그들의 잠을 꿈꾸고
아무도아닌과 아무나는 사월의 대지에
정신으로 바라고 만약을 그렇다로 살았습니다.

여자들과 남자들은(둘 다 동 딩)
여름 가을 겨울 봄
씨 뿌린 걸 걷고 그들이 온 곳으로 갔어요
해 달 별 비

laughed their cryings and did their dance

(sleep wake hope and then)they

said their nevers they slept their dream

stars rain sun moon

(and only the snow can begin to explain

how children are apt to forget to remember

with up so floating many bells down)

one day anyone died i guess

(and noone stooped to kiss his face)

busy folk buried them side by side

little by little and was by was

all by all and deep by deep

and more by more they dream their sleep

noone and anyone earth by april

wish by spirit and if by yes.

Women and men(both dong and ding)

summer autumn winter spring

reaped their sowing and went their came

sun moon stars rain

2

노스터는 으스대는 배였지
(못지않게 당당한)
그 배가 지뢰를 만나 썸의 해안가
바로 근처에 가라앉기 전까지는

정확히 거기서 값비싼 배 한 척
에르고가 나중에 사라졌지
모든 승무원이 (기억하겠지만) 사라졌다
선장 페이터를 포함하여

2

the Noster was a ship of swank

(as gallant as they come)

until she hit a mine and sank

just off the coast of Sum

precisely where a craft of cost

the Ergo perished later

all hands(you may recall)being lost

including captain Pater

3

하나가(둥둥 뜬 채로)도착한다

(고요히)하나 곁에서(살아서)
아무 곳도 아닌 곳(사라짐 속으로

완벽하게)으로부터
생생하고 이름 없는
신비로운 **나**들의 손님들

좀 더 덜 천천히 누구(와
누구인 여기 누구인 거기)내려서는
-중(은혜롭게)죽음 가득한
지구의 무엇이든 만진다

엮듯이 지금은 하나 곁에서
경이롭고(황혼을)그들은
온다(모든 둔탁한

명사들을 넘어)완전히 새로운
동사의 모험이 시작될 때까지

무한히 **성**장하며

3

one(Floatingly)arrive

(silent)one by(alive)
from(into disappear

and perfectly)nowhere
vivid anonymous
mythical guests of Is

unslowly more who(and
here who there who)descend
-ing(mercifully)touch
deathful earth's any which

Weavingly now one by
wonder(on twilight)they
come until(over dull

all nouns)begins a whole
verbal adventure to

illimitably Grow

4

온통 초록을 입은 내 사랑이
위대한 금빛 말을 타고
은빛 새벽으로 달렸다.

네 마리 늘씬한 하운드가 낮게 엎드려 웃고 있었다
이전엔 즐거운 사슴이 앞서 뛰었던 곳.

그들이 얼룩덜룩한 꿈보다 더 빨라지길
재빠른 어여쁜 사슴이여
붉고 희귀한 사슴이여.

하얀 물가에 네 마리 붉은 수사슴
이전에 잔인한 나팔이 불던 곳.

엉덩이께의 뿔 달린 내 사랑이
메아리를 타고
은빛 새벽으로 달렸다.

네 마리 늘씬한 하운드가 낮게 엎드려 웃고 있었다
이전엔 평평한 평원이 펼쳐졌던 곳.

4

All in green went my love riding

on a great horse of gold

into the silver dawn.

four lean hounds crouched low and smiling

the merry deer ran before.

Fleeter be they than dappled dreams

the swift sweet deer

the red rare deer.

Four red roebuck at a white water

the cruel bugle sang before.

Horn at hip went my love riding

riding the echo down

into the silver dawn.

four lean hounds crouched low and smiling

the level meadows ran before.

슬리퍼 신은 잠보다도 더 보드라워지길
늘씬하고 나긋한 사슴이여
빠르고 날았던 사슴이여.

재빠른 네 마리가 금빛 계곡에서 한다
이전에 굶주린 화살이 노래했던 곳.

허리께의 활을 찬 내 사랑이
산을 타고
은빛 새벽으로 달렸다.

네 마리 늘씬한 하운드가 낮게 엎드려 웃고 있었다
이전에 순전한 봉우리들이 내달렸던 곳.

벅찬 죽음보다 더욱 창백해지기를
날렵하고 날씬한 사슴이여
키 크고 긴장한 사슴이여.

네 마리 키 큰 수사슴이 초록 산에 있다
이전에 운 좋은 사냥꾼이 노래했던 곳.

온통 초록을 입은 내 사랑이
위대한 금빛 말을 타고

Softer be they than slippered sleep

the lean lithe deer

the fleet flown deer.

Four fleet does at a gold valley

the famished arrow sang before.

Bow at belt went my love riding

riding the mountain down

into the silver dawn.

four lean hounds crouched low and smiling

the sheer peaks ran before.

Paler be they than daunting death

the sleek slim deer

the tall tense deer.

Four tall stags at a green mountain

the lucky hunter sang before.

All in green went my love riding

on a great horse of gold

은빛 새벽으로 달렸다.

네 마리 늘씬한 하운드가 낮게 엎드려 웃고 있었다
이전에 내 심장이 죽었던 곳.

into the silver dawn.

four lean hounds crouched low and smiling

my heart fell dead before.

5

여기 작은 에피의 머리가 있네
머릿속 뇌는 진저브레드로 만들어져서
심판의 날이 오면
신이 여섯 부스러기를 찾아내실 거야

관뚜껑 옆에서 몸을 수구린 채
무언가 깨어나기를 기다리며
다른 무언가들이 그랬듯이—
당신은 보통의 소란을 뚫는

그분의 고함치는 놀라움을 상상할 수 있는가
죽어 버린 에피는 어디에 있느냐?
—자그마한 목소리로 신에게 말했지,
나는 첫 번째 부스러기입니다

그 결과 동료 다섯 부스러기가
마치 자기들은 살았다는 양 키득거렸고
두 번째 부스러기가 노래를 이어 갔다,
나는 아마하다라 불리고 잘못한 건 없다며

세 번째 부스러기가 외쳤다, 나는 마땅히하다라고

5

here is little Effie's head

whose brains are made of gingerbread

when the judgment day comes

God will find six crumbs

stooping by the coffinlid

waiting for something to rise

as the other somethings did—

you imagine His surprise

bellowing through the general noise

Where is Effie who was dead?

—to God in a tiny voice,

i am may the first crumb said

whereupon its fellow five

crumbs chuckled as if they were alive

and number two took up the song,

might i'm called and did no wrong

cried the third crumb,i am should

그리고 이것이 내 여동생 할수있다이고
우리의 큰 형님 하려한다라고
우리를 벌주지 마세요 우리는 선했으니까;

그리고 약간의 수치가 있던 마지막 부스러기가
신에게 속삭였다,제 이름은
반드시하다이고 다른 이들과 함께 나는
살아 있지 않은 에피였습니다

그저 상상해 보라 예컨대
무시무시한 소음 한가운데 신이
당신의 발걸음을 보고 쫓아와
에피의 작은 옆에 수그리는 걸,그

(성냥 드릴까요 보이세요?)
안엔 여섯 개의 가정법 부스러기들이
절단된 엄지처럼 꿈틀거린다:
가장 큰 놈을 노려보는 그분을 상상해 보라 창백한

색의 얼굴을 하고 찌푸린
당혹스러운 얼굴,하지만 나는 안다—
(그 눈들이 불안하게
축복받은 이들을 승인하는 동안 그의 귀들은

and this is my little sister could

with our big brother who is would

don't punish us for we were good;

and the last crumb with some shame

whispered unto God,my name

is must and with the others i've

been Effie who isn't alive

just imagine it I say

God amid a monstrous din

watch your step and follow me

stooping by Effie's little,in

(want a match or can you see?)

which the six subjunctive crumbs

twitch like mutilated thumbs:

picture His peering biggest whey

coloured face on which a frown

puzzles,but I know the way—

(nervously Whose eyes approve

the blessed while His ears are crammed

셀 수 없이 깡충거리는 저주받은 이들의
힘겨운 음악으로 들어차 있네)
—미친 듯이 위아래를 노려보는 그분을
그리고 여기 우리는 이제 심판의 날

문턱을 넘으시고 두려워 마시라
이 방식으로 시트를 걷으면.
여기 작은 에피의 머리가 있네
머릿속 뇌가 진저브레드로 만들어진

with the strenous music of

the innumerable capering damned)

—staring wildly up and down

and here we are now judgment day

cross the threshold have no dread

lift the sheet back in this way.

here is little Effie's head

whose brains are made of gingerbread

6

그 바람은 **아가씨**
밝고 가녀린 눈을 가졌지(움직

이는)해 질 녘엔
그리고 어떤 이유도 없이
언덕을—만지는 눈—

(나는 의심의 여지없이 초록빛인 이
사람과 대화를 나눠 봤다 "당신이
바람인가요?""그렇습니다""당신은 왜 꽃들을
마치 그것들이 살아 있지 않은 것처럼,마치

그들이 개념인 것처럼 만지나요?""왜냐하면요,선생님
제 마음속에 있는 것들은 피어나고
가장 투박한 변장하에서 비틀거리고,나타나거든요
취약함과 망설임이 가능한 채로요

—이것들에 아무 이유가 없다고
생각하지 마세요 그렇지 않았다면
꽃과 산은
달랐을 거랍니다 이제 막

6

the wind is a Lady with
bright slender eyes(who

moves)at sunset
and who—touches—the
hills without any reason

(i have spoken with this
indubitable and green person "Are
You the wind?" "Yes" "why do you touch flowers
as if they were unalive,as

if They were ideas?" "because,sir
things which in my mind blossom will
stumble beneath a clumsiest disguise,appear
capable of fragility and indecision

—do not suppose these
without any reason and otherwise
roses and mountains
different from the i am who wanders

새롭게 탄생한 세계를 방랑하는 저와는요"
내게 바람)이 말했다 초록 옷을 입은
부인의 모습으로,들판을;만지는:그녀가
(해 질 녘에)

imminently across the renewed world"

to me said the)wind being A lady in a green

dress,who;touches:the fields

(at sunset)

7

죽음(길을 잃은)이 자신의 세계를 뒤집어쓰고
하품을 한다:비가 올 것 같아
(그들은 영원의 시간 동안 이 역할을 해 왔다
언제의 조각들을 지니고)
그게 당신 거예요;나는 생각한다
당신은 내게 영구차를 끌
고통을 대출해 줘야 할 거라고,
다시 만나요.

사랑(되찾은)이 그토록 어여쁜 장난감들을 마무
리했다
　자기들 스스로는 모르는 와중에:
　지구가 아주 작게 돌았다;
　그동안 데이지는 자랐고
　(소년들과 소녀들은
　그러니저러니 속삭였다)
　그리고 소년들과 함께하는 소녀들이
　침대를 향해 갈 것이고,

7

death(having lost)put on his universe

and yawned:it looks like rain

(they've played for timelessness

with chips of when)

that's yours;i guess

you'll have to loan me pain

to take the hearse,

see you again.

Love(having found)wound up such pretty toys

as themselves could not know:

the earth tinily whirls;

while daisies grow

(and boys and girls

have whispered thus and so)

and girls with boys

to bed will go,

8

 절 오해하지 말아요 망각이여
 전 당신을 사랑한 적이 없어요 이봐요
당신은 언제나 들러붙어서

         다른 사람들에게 절 망신주었고
         당신이 저 먼 길을 못가게 한다면
         그게 당신을 어떻게 돌게 할지
         말해 주었죠
저는 제 가슴을 내주어 느껴 보라 했어요
그렇지 않았나요

         입 맞추라고 입도 내어 주고

 오 저는 당신께 참 잘했어요 망각이여 내 오랜 친구 그게
다예요
 그리고 제가 말했을 법할 때가 있었죠

         나가 뒤지라고 제모습대로 깍깍거리라고
         당신은 언제나 그렇게 할 거라고
         협박했어요
         저는 안 그랬어요
         전 말했죠 계속 나를 흥미롭
         게 만들어 보라고
         당신이 서성거리게 두었고
         낑낑거리게 두었죠

8

don't get me wrong oblivion

I never loved you kiddo

you that was always sticking around

spoiling me for everyone else

telling me how it would make

you nutty if I didn't let you

go the distance

and I gave you my breasts to feel

didn't I

and my mouth to kiss

O I was too good to you oblivion old kid   that's all

and when I might have told you

to go ahead and croak yourselflike

you was always threatening you was

going to do

I didn't

I said   go on you inter-

est me

I let you hang around

and whimper

and I've been getting mine

그리고 저는 제 몫을 차지하고 있어요
들어 보세요

제가 사랑하는 녀석이 있어요 다른 누구도 그처럼 사랑해 본
　적 없죠 키가 육 피트 이 인치에 어떤 여자애든 죽을 만큼 키스하
　고플 얼굴을 한 사람이고 아기 고양이 같은 피부를 가졌어요
그가 제게 오늘밤 자기랑 머리에 가서 카바레도
　보고 춤도 추자고 했어요　무슨 말인지 알죠
뭐랄까
그가 제게 다른 것도 하자고 하면 저는 그럴 거예요 그리고 그
가 그다음에 다른 것도 물으면 저는 그것도 할 거예요 그가 저
를 택시에 밀어 넣고 기사에게 저를 잘 부탁한다고 아침으로
몰아 달라고 한다면 저는 그가 그렇게 하도록 둘 거예요 그리
고 그가 바로 그 자리에서 택시 안에서 제게 주기 시작한다면
　저는 속삭이지 않을 거예요
　망각이여
이해하시겠어요
　자동판매기나 차일드*에서 치아가 세 개도 남지 않은 부인들에게
리본을 나눠 주는 일, 포주들에게 집까지 쫓겨오는 일, 남정네들 마
음을 졸이게 하고 영하 삼천 도의 희게 칠한 방에서 외롭게 잠드는
일에 지쳐 그런 게 아니에요　오 아니에요
　　　　　　　　　　　　　그런 것들은 견딜 수 있어요
하지만 뭐랄까 저는 오 신이여 얼마나 지겨운지요
　　　　　　　　　　당신의 하얀 얼굴을 보는 게 그리고

334

Listen

there's a fellow I love like I never loved anyone else that's six
    foot two tall with a face any girl would die to kiss and a skin
    like a little kitten's
that's asked me to go to Murray's tonight with him and see the cab-
    aret and dance   you know
well
if he asks me to take another I'm going to and if he asks me to take
another after that I'm going to do that and if he puts me into a taxi
and tells the driver to take her easy and steer for the morning I'm
going to let him and if he starts in right away putting it to me in
the cab
    I'm not going to whisper
    oblivion
do you get me
    not that I'm tired of automats and Childs's and handing out ribbon to
    old ladies that ain't got three teeth and being followed home by pimps
    and stewed guys and sleeping lonely in a whitewashed room three thou-
    sand below Zero   oh no
                                        I could stand that
    but it's that I'm O Gawd how tired
                                        of seeing the white face of you and
                                        feeling the old hands of you and

당신의 늙은 손아귀를 느끼는 게,
　　　당신에 대해 놀림받고 조롱 받는 게
　　　그리고 당신에게 이 아름다운
　　　흰 몸을 주겠노라
기도 당하고 애원받고 협박받는 게 지겹답니다
　이봐요
　　　그게 이유예요

being teased and jollied about you

and being prayed and implored and

bribed and threatened

to give you my beautiful white body

kiddo

that's why

삶이 머리에 꽃을 지고 가는 노인이라고
상상해 봐.

젊은 죽음은 카페에 앉아서
미소 짓는다, 엄지와 집게손가락 사이에
지폐 하나를 쥐고

(나는 "그가 꽃을 살까" 네게 묻고
는 "죽음은 어려
삶은 벨루어 바지를 입고
삶은 비틀거리고, 삶은 수염이 있어" 난

고요한 네게 말한다.―"너는 삶이
보여? 그는 거기에도 여기에도 있어,
아님 그거거나, 아님 이거거나
아님 아무것도 아니거나 삼분의 3을
잠들어 있는 노인이거나, 그의 머리엔
꽃이 있고, 항상 무언가에 대해
아무도 아닌 이에게 장미꽃과 푸른꽃에 대해
울고 있지
　　　　그래,

9

suppose

Life is an old man carrying flowers on his head.

young death sits in a café
smiling,a piece of money held between
his thumb and first finger

(i say "will he buy flowers" to you
and "Death is young
life wears velour trousers
life totters,life has a beard" i

say to you who are silent.—"Do you see
Life?he is there and here,
or that,or this
or nothing or an old man 3 thirds
asleep,on his head
flowers,always crying
to nobody something about les
roses les bluets

                    yes,

그가 살까?
아름다운 부츠—오 들어 봐
,싸게 주세요")

그리고 내 사랑이 그렇게 생각한다고 천천히 대답
한다.   하지만
나는 내가 다른 사람을 보고 있다고 생각한다

한 여인이 있는데,이름은 나중에
젊은 죽음 옆에 앉은 그녀는,가녀리다;
마치 꽃처럼.

                    will He buy?

Les belles bottes—oh hear

,pas chères")

and my love slowly answered I think so.   But

I think I see someone else

there is a lady,whose name is Afterwards

she is sitting beside young death,is slender;

likes flowers.

벽(바로 여기
너머를 봐)너머에 있어
사과들 말이야(맞아
그라벤슈타인종이야)온통
잃어버릴 듯이 빨갛고
찾을 수 있을 듯이 둥글어.

각 잎사귀의 왜가 말하지
(각 어떻게는 떠다녀)
죽는 것에 관해서 너는 어느 쪽이고
(새로운 것의 각각의 초록)
자라는 것에 관해서 너는 누구냐고
하지만 하는 것에 관해서 너는 그라고

있다는 무엇을 해야만(속삭인다)하고 되어야만
하는지(현명한 바보)
만약 사는 것이 주는 것이라면
그리하여 숨 쉬는 것이 훔치는 거라면—
다섯 소원은 다섯이고
하나의 손은 하나의 마음

10

it's over a(see just

over this)wall

the apples are(yes

they're gravensteins)all

as red as to lose

and as round as to find.

Each why of a leaf says

(floating each how)

you're which as to die

(each green of a new)

you're who as to grow

but you're he as to do

what must(whispers)be must

be(the wise fool)

if living's to give

so breathing's to steal—

five wishes are five

and one hand is a mind

그리고 우리의 도둑이 넘어간다
(너도 가고 나는)
누군가가 그들이라고 부르는
어떤 나뭇가지에서 과일들을
(그가 우리인 것처럼) 잡아당겼어
그의 지금으로 값을 치르게 했지.

하지만 벽(바로 여기
너머를 봐) 너머에는
붉고 둥근 게
(그라벤슈타인종이다) 땅에 떨어져
일종의 눈 먼
커다란 소리를 내면서

then over our thief goes

(you go and i)

has pulled(for he's we)

such fruit from what bough

that someone called they

made him pay with his now.

But over a(see just

over this)wall

the red and the round

{they're gravensteins)fall

with kind of a blind

big sound on the ground

11

흩날리는-머리카락
　　　　　미나리아재비와
　　　　　　　　제비꽃
민들레를 꺾는 손
그리고 덩치가 커서 괴롭히는 데이지들
　　　　　　　　멋진 들판을 가로질러
약간은 미안한 눈을 한
다른 이가 온다
　　　　더불어 꽃을 꺾으면서

11

Tumbling-hair

       picker of buttercups

             violets

dandelions

And the big bullying daisies

         through the field wonderful

with eyes a little sorry

Another comes

     also picking flowers

12

천국의 헬라스˙ 영역에는
제우스의 매우 다른 두 아들이 살았다:
하나는, 잘생기고 강하고 모험을 위해 태어났고
—그의 속눈썹까지 투사였지—
다른 하나는, 교활하고 추한 절름발이;
하지만 당신이 곧 이해하듯이
경탄할 만한 기술자였다

이제 **못**생긴은 아내를 맞았다
(인간사에서
이제나 저제나 벌어지고 마는 일)
완전히 아름다운 이를;
아름다운, 은(진실을 말하자면)
옳은 것과 그른 것을 절대 구분할 수 없었고,
형제인 **대담한**을 눈으로 사로잡고
함께 기쁨의 행위를 했다

그때 **교활한**이 교묘한 거미줄을 짰다
대기는 상대적으로 거칠었다;
불가항력의 금속으로 만든 초강력 덫
파괴할 수 없는 오컬트:
그리고(더없이 행복한 커플에게 다가가면서)

12

in heavenly realms of hellas dwelt
two very different sons of zeus:
one,handsome strong and born to dare
—a fighter to his eyelashes—
the other,cunning ugly lame;
but as you'll shortly comprehend
a marvellous artificer

now Ugly was the husband of
(as happens every now and then
upon a merely human plane)
someone completely beautiful;
and Beautiful,who(truth to sing)
could never quite tell right from wrong,
took brother Fearless by the eyes
and did the deed of joy with him

then Cunning forged a web so subtle
air is comparatively crude;
an indestructible occult
supersnare of resistless metal:
and(stealing toward the blissful pair)

솜씨 있게 덮쳤다 그들-
스스로를 이 무자비한 반-사물이

이어서,우리의 걸출한 과학자가
천상의 주인에게 호소했다
그의 솜씨를 세심히 봐 달라고:
그들은(야만의 고성으로 어두운 지역에서
빛나는 영역으로 소환된 자들)
아름다운과 **용**감한을 향해 오래 웃었다
—거칠게 누구는 화를 내고,의미 없이 누구는 분
투하지만;
결국 풀려나서
마치 해충처럼 서로를 피해 도망쳤다

이렇게 영원한 질투가
신성한 너그러움을 잠재웠고,
이성이 직관을 이겼으며
물질이 정신의 노예가 되었다;
덕이 악에게 승리했고
미가 추함에 고개 숙였으며
이성이 삶을 좌절시켰다:그리하여—
하지만 주변을 돌아보라,친구들이여 적들이여

나의 비극적인 이야기가 여기서 끝난다네:
병사여,기술자의 아내를 조심하라

skilfully wafted over them−

selves this implacable unthing

next,our illustrious scientist

petitions the celestial host

to scrutinize his handiwork:

they(summoned by that savage yell

from shining realms of regions dark)

laugh long at Beautiful and Brave

—wildly who rage,vainly who strive;

and being finally released

flee one another like the pest

thus did immortal jealousy

quell divine generosity,

thus reason vanquished instinct and

matter became the slave of mind;

thus virtue triumphed over vice

and beauty bowed to ugliness

and logic thwarted life:and thus—

but look around you,friends and foes

my tragic tale concludes herewith:

soldier,beware of mrs smith

13

두 노부인이 평화롭게 뜨개질하며 앉아 있었다,
그들의 이름은 가끔과 항상

"나는 도대체 삶이 그에게서 뭘 봤는지 모르겠어" 땀의 수를
세며 항상은 가혹하게 말한다;그리고 그녀의 동생이(하품
을 참으며)반박한다 "오 나도 모르겠어;죽음이 외려 매력
적이야"
　—"매력!왜 어째서 그런 말을 하는거야?내 안쓰럽고 소중한
남편을 생각할 때"—"말도 안 되는 말 말아:내가 말한 건
'차라리 매력적이다'라는 거야,언니;그리고 언니도 잘 알잖아
절대는 매력적인 것 이상이라고,절대는

멋지지"(쾅 소리.　둘 다 놀라 뛴다)"무슨
일이야!" 항상이 외친다 "무슨
소리였지?"—"글쎄 여기 딸이 오네"
가끔을 안심시킨다;거기

죽음의 예쁘고 어린 아내가 들어선다;손목을 비틀며,그
리고 투덜거리며
　"저 끔찍한 자식새끼!"—"또"(가끔과 항상이 함께
외친다)"무슨 일이야"—"내 인형:내 아름다운 인형;내 맨

13

now two old ladies sit peacefully knitting,

and their names are sometimes and always

"i can't understand what life could have seen in him" stitch

-counting always severely remarks;and her sister(suppress-

ing a yawn)counters "o i don't know;death's rather attractive"

—"attractive!why how can you say such a thing?when i think

of my poor dear husband"—"now don't be absurd:what i said was

'rather attractive',my dear;and you know very well that

never was very much more than attractive,never was

stunning"(a crash.   Both jump)"good

heavens!" always exclaims "what

was that?"—"well here comes your daughter"

soothes sometimes;at which

death's pretty young wife enters;wringing her hands,

and wailing

"that terrible child!"—"what"(sometimes and always

together

cry)"now?"—"my doll:my beautiful doll;the very

첫 인형 엄마가 준 거,엄마(내가 거의 걷지도

못할 때)그 눈이 감겼다 뜨였다 하는 거(기억하시죠:

안 그래요,이모;우리 그거 사랑이라 불렀잖아)나는 여태
그걸 몇 년을

애지중지했는데,오늘 내가 무언가를 찾으려고 옷장을

뒤지는데;상자를 열어 보니,거기 걔가 누워 있는

거야;그리고 그가 그녀를 봤을 때,그가 걔를 안아 보게 해
달라고

조르는 거야;딱 한 번만이라고:그래서 나는 말했지 '인간이
여,조심해라;

그 애는 끔찍할 정도로 연약하거든:부수지 마,아님 엄
마 화낼 거야'"

그러고 나선(바느질 소리를

제외하곤)고요뿐이었다

first doll you gave me,mother(when i could scarcely

walk)with the eyes that opened and shut(you remember:

don't you,auntie;we called her love)and i've treasured

her all these years,and today i went through a closet

looking for something;and opened a box,and there she

lay:and when he saw her,he begged me to let him

hold her;just once:and i told him 'mankind,be careful;

she's terribly fragile:don't break her,or mother'll be

angry' "

and then(except for

the clicking of needles)there was silence

14

의심해 봅시다,애인이여,그리 크지 않은 이
상자는 전적으로 신비롭고,닫힌
뚜껑에는 커다란 글씨로 하지만 깔끔하게
"불멸"이라 새겨져 있지요.   그리고
너무 가까이 가지 않아도,사람들은 그 안에 있는
위대한 것들에 대해 자랑을 합니다
놓치기에는 전부 다 좋은 것들이라고—
하지만 우리는 지나가요,함께,넉넉히
거리를 두고.   고요하게.   우리의 발걸음에 생각을
담고.   숨을 참고요—
만약 본다면 우리는 그걸 만지고 싶어질 거예요.
그리고 우린 그러지 말아야 해요 왜냐하면(무언
가가 내게 말해 주었는데)
  우리가 그걸 만지기 시작하면
  매우 조심스럽게 그러기 시작하면

                    잭 데스'가 튀어나올 테니까

356

14

let us suspect,chérie,this not very big

box completely mysterious,on whose shut

lid in large letters but neatly is

inscribed "Immortality". And not

go too near it,however people brag

of the wonderful things inside

which are altogether too good to miss—

but we'll go by,together,giving it a wide

berth. Silently. Making our feet

think. Holding our breath—

if we look at it we will want to touch it.

And we mustn't because(something tells me)

ever so very carefully if we

begin to handle it

out jumps Jack Death

X. 도시의 풍경

URBAN GLIMPSES

1

시간이 떠오르면서 별들을 몰아내고 이제
새벽이다
하늘의 길목으로 빛이 시를 흩뿌리며 걷는다

지구상의 촛불 하나가
꺼졌다   도시가
깨어난다
지구의 입 위에 곡 하나를
얹고 눈에는 죽음을 담고

그리고 새벽이다
세계는
꿈들을 살해하러 나아간다⋯⋯

나는 거리에서 빵을 얻고자
열심히 일하는 강한 남자들을 보고
나는 흉측하고 희망 없고 잔인하고 행복함에
만족하는 사람들의 잔혹한 얼굴을 본다

그리고 낮이다,

1

the hours rise up putting off stars and it is

dawn

into the street of the sky light walks scattering poems

on earth a candle is

extinguished   the city

wakes

with a song upon her

mouth having death in her eyes

and it is dawn

the world

goes forth to murder dreams....

i see in the street where strong

men are digging bread

and i see the brutal faces of

people contented hideous hopeless cruel happy

and it is day,

거울 속에서
나는 노쇠한 남자를
본다
꿈을
거울 속 꿈을
꿈꾸고 있는

그리고
황혼이다   지구에

촛불이 켜졌고
어둡다.
사람들은 각자의 집에 있고
노쇠한 남자는 침대에 누웠다
도시는
제 입에 죽음을 얹고 잠든다 눈에는 노래를 담고
시간들이 내려앉고,
별들을 걸치고……

하늘의 거리에 밤이 시를 흩뿌리며 걷는다

in the mirror

i see a frail

man

dreaming

dreams

dreams in the mirror

and it

is dusk   on earth

a candle is lighted

and it is dark.

the people are in their houses

the frail man is in his bed

the city

sleeps with death upon her mouth having a song in her eyes

the hours descend,

putting on stars....

in the street of the sky night walks scattering poems

2

그러나 다른 어떤
날에 나는 어떤 문을
통과하고,　비가
쏟아졌다(봄이면

그렇듯이)
은빛
밧줄이 화창한 천둥으로부터
산뜻함으로 미끄러져 내려온다

마치 신의 꽃들이 금
종을 당겨 울리는
것처럼　나는 올려다
본다

그리고
스스로 생각한다　**죽음**
그리고 **당신**은
정교한 손가락을 갖고 만질 수 있는지

팬지의 눈을 한 분홍 접시꽃의

2

but the other

day i was passing a certain

gate,   rain

fell(as it will

in spring)

ropes

of silver gliding from sunny

thunder into freshness

as if god's flowers were

pulling upon bells of

gold   i looked

up

and

thought to myself   Death

and will You with

elaborate fingers possibly touch

the pink hollyhock existence whose

존재를 아침에서부터
밤까지 변함없이 거리를
들여다보는 꽃을   언제나

노부인은 언제나 자신의
가만한 창가에 앉아 있다 마치
추억에
참여하듯이

부드럽게   누구의 문에서 항상
선택된 꽃을 상기하는
미소를 지으며

pansy eyes look from morning till

night into the street

unchangingly   the always

old lady always sitting in her

gentle window like

a reminiscence

partaken

softly   at whose gate smile

always the chosen

flowers of reminding

3

마른 목소리

진홍색 코를 하고 요염 –
하게 보닛을 비뚜름하게 쓴
두꺼운얼굴을 한
여자의 목소리가

멎고 있다   그

선장이
발표한다 다임
세 개와 니켈 일곱 개와 페니
열 개가 그 드럼에

예치되어 있다고   오직

이십오 센트가 필요할 뿐인데
친애하는 친구들이여
완전한 달러 한 장을
만드려거든   그러자

3

the skinny voice

of the leatherfaced
woman with the crimson
nose and coquettishly-
cocked bonnet

having ceased   the

captain
announces that as three
dimes seven nickels and ten
pennies have been deposited upon

the drum   there is need

of just twenty five cents
dear friends
to make it an even
dollar   whereupon

천상의 평균님이

영감을 얻은 자매님의
엄청난 동작에 매료되어 떠나
가네
누가 그에게 왜 그리스도 예수의 오심을 위해

동전 두 개를 써야 하는지 말해 줄까

?
??
???
!

없다, 녀석아

the Divine Average who was

attracted by the inspired
sister's howling moves
off
will anyone tell him why he should

blow two bits for the coming of Christ Jesus

?
??
???
!

nix,kid

4

도둑들 사이에 떨어진 한 남자가
바닥에 등을 내고 길가에 누워 있다
열다섯번째등급을 받은 아이디어로 차려입고
둥그런 조롱을 모자처럼 쓰곤

운명은 조금 더
해방된 저녁을 위해
의식을 대가로
그에게 변함없는 웃음을 선사했다

그 위엔 확고하고 충직한 여러
시민들이 잠시 멈춰 풀을 뜯고 있었다
그다음엔 지나친 시민의식에 불타
더 새로운 초원을 찾았거나 했는데 왜냐하면

아무도 알아채지 못하는 눈에서 나온
가장 분홍빛 토사물로
얼어붙은 개울에 꽁꽁 싸매진 채 그는
그는 일어날 생각조차 없다는 듯 보였으니까

한 손은 조끼에 아무 일도 하지 않았다

4

a man who had fallen among thieves

lay by the roadside on his back

dressed in fifteenthrate ideas

wearing a round jeer for a hat

fate per a somewhat more than less

emancipated evening

had in return for consciousness

endowed him with a changeless grin

whereon a dozen staunch and leal

citizens did graze at pause

then fired by hypercivic zeal

sought newer pastures or because

swaddled with a frozen brook

of pinkest vomit out of eyes

which noticed nobody he looked

as if he did not care to rise

one hand did nothing on the vest

그것의 광범한 친구는 연약하게 땅을 붙잡았다
그동안 묵묵한 바짓가랑이는
엄숙하고 활발치 않은 단추에게 고백했다.

뻣뻣해진 토사물을 털어 내며
나는 그를 모두 내 팔로 끌어안고
공포에 부딪혀 가며 비틀거리고 걸었다
백만 십억 일조 개의 별 속으로

its wideflung friend clenched weakly dirt

while the mute trouserfly confessed

a button solemnly inert.

Brushing from whom the stiffened puke

i put him all into my arms

and staggered banged with terror through

a million billion trillion stars

5

그 멜랑콜리한

친구가 풍금을
연주할 것이다
당신이 이렇게 말하기 전까지

"제 점을 봐 주세요"

.그 말에(웃으면서)그는 멈추었다:
& 마술
봉을 집어들면서
이 우중충한 새장을

두,들,기,며:그러면 유령

의 비에젖은듯 여린바람
목소리-실로-목소리
아닌-목소리가 흐느껴 운다

"저므?을"˙

—그제야 걸(ㅊㅓㄴㅊㅓㄴ

5

that melancholy

fellow'll play
his handorgan
until you say

"i want a fortune"

.At which(smiling)he stops:
& pick
ing up a magical stick
t,a,p,s

this dingy cage:then with a ghost

's rainfaint windthin
 voice-which-is
no-voice sobcries

"paw?lee"

—whereupon out(SlO

ㅎㅣ)어가서(그
지팡이를 없고)거의
인물보다 하얗다고

보기어려운ㅈㅏ가;누구냐면

(우주를 통과해 달려
열려 있는 이 서랍을
아주 작게 만들며)자신의

짐승부리로

운명적인 바랜(분홍빛이거나
아마도 노란빛이거나)조각을
물어 올린ㄷㅏ—
하지만 이제,인사하는 앵무새 씨가

별들의 의미를 내밀어서

14번가가 사(왜냐하면 내 눈물이
눈동자로 가득하니까)라진다.   왜냐하면
가장 진실된 것들만이 항상

그것들이 진실이 될 수 없어서 진실되니까

wLy)steps(to

mount the wand)a by no

means almost

white morethanPerson;who

(riding through space

to diminutive this

opened drawer)tweak

S with his brutebeak

one fatal faded(pinkish or

yellowish maybe)piece

of pitiful paper—

but now,as Mr bowing Cockatoo

proffers the meaning of the stars

14th st dis(because my tears

are full of eyes)appears.   Because

only the truest things always

are true because they can't be true

6

파리;이 사월의 석양이 전적으로 말한다;
침착하게 고요하게 대성당을 말한다

가늘고 길게 솟은 위풍당당한 면 앞으로
비에 젊어진 거리가 있고,

부푼 장미의 나선형 땅이
코발트빛 하늘의 광대한 몇 마일에 휘감겨
경계하며 내어놓는다
황혼의
        연보라색을(가만히 내려앉아서,
조심스럽게 제 눈에 위험한 첫 별을 담아 가는 시간)
사람들은 부드럽게 도착하는 어둠 속에서 움직이고 사랑하고

서두르고 그리고
보라!(새로운 달이
돌연 갑작스러운 은빛과 함께
조잡하고 구걸하는 색의 찢긴 호주머니를 채운다)그동안
저기와 여기엔 유연하고 나른한 매춘부
밤이,몇몇

집과 언쟁을 벌인다네

6

Paris; this April sunset completely utters;
utters serenely silently a cathedral

before whose upward lean magnificent face
the streets turn young with rain,

spiral acres of bloated rose
coiled within cobalt miles of sky
yield to and heed
the mauve
          of twilight(who slenderly descends,
daintily carrying in her eyes the dangerous first stars)
people move love hurry in a gently

arriving gloom and
see!(the new moon
fills abruptly with sudden silver
these torn pockets of lame and begging colour)while
there and here the lithe indolent prostitute
Night,argues

with certain houses

7

찌르는
금빛 무리가
첨탑 위에
은빛으로

　　기도문을 노래하고 그
위대한 종이 장미와 함께 울린다
추잡한 통통한 종들
　　　　　　그리고 키 큰

바람이
질질 끈다
그
바다와

꿈

들

을

7

stinging

gold swarms

upon the spires

silver

      chants the litanies the

great bells are ringing with rose

the lewd fat bells

            and a tall

wind

is dragging

the

sea

with

dream

–S

XI. 풍자의 대상들

TARGETS OF SATIRE

전쟁

1

불행한

　　　청동의

여자가

　　　　　　　서 있다

입구에는

다소 나이 든 여자가

　　　　　　　　　　나이트가운을 입고

　　　　　　토치에

불붙인다

언제나

　　　지친 여자

　　　그녀에겐 아이들이 있었고

　　　　　　　　　　　그들은 잊었다

　　　서서

　　　　　바다를

내다보며

War

1

a Woman
        of bronze
unhappy
            stands
at the mouth
an oldish woman
                in a night‑gown
            Boosting a

torch
Always
      a tired woman
      she has had children
                and They have forgotten
      Standing

          looking out
to sea

2

나의 오래되고 사랑스러운 등등
루시 아주머니는 최근

전쟁 중에 그리고 무엇
보다도 당신에게 정확히 모두가 무엇을 위해 싸우고
있었는지를 말해 줄 수

있었어요,
나의 여동생

이사벨은 수백 켤레
(그리고
수백 켤레)양말을 만들어 냈고
벼룩방지 셔츠와 귀덮개

등등 손목 보호대 등등,나의

어머니는 원하셨어요

내가 죽기를 등등
물론 용감하게요 나의 아버지는

2

my sweet old etcetera

aunt lucy during the recent

war could and what

is more did tell you just

what everybody was fighting

for,

my sister

isabel created hundreds

(and

undreds)of socks not to

mention shirts fleaproof earwarmers

etcetera wristers etcetera,my

mother hoped that

i would die etcetera

bravely of course my father used

특권이란 게 어떤 건지 말씀하시며 목이 쉬곤
하셨는데 그가 할 수만
있었더라면 하시며 그러는 동안 나

자신은 등등 조용히 누워 있었죠
깊은 진흙탕 속에 등

등
(꿈꾸며,
등
  등,너의
웃음
눈을 무릎을 그리고 당신의 **등**등을)

to become hoarse talking about how it was

a privilege and if only he

could meanwhile my

self etcetera lay quietly

in the deep mud et

cetera

(dreaming,

et

   cetera,of

Your smile

eyes knees and of your Etcetera)

3

"물론 신 다음으로 미국이여 나는
당신을 사랑해 순례자들의 땅이여 그리고 등등 오
새벽이면 볼 수 있니 몇
세기 간 오고 간 나의 조국
그것이었던 것은 더 이상 존재하지 않아 우리는
모든 언어로 걱정해야만 하고 심지어 귀막고말도못하는
당신의 아들들이 당신의 영광스러운 이름을 칭송하네
신의 이름으로
맹세코 이런 젠장 맙소사 저런 젠장
왜 미에 대해서 말하는가 이 영웅적으로 아름다-
운 죽음들보다 더욱 아름다울 수 있는 게 무얼까
누가 맹렬한 학살에게로 사자처럼 달려들었나
그들은 생각하고자 멈춰 서지도 않았고 대신 죽었다
그럼 해방의 목소리는 침묵해야 하나?"

그가 말했다. 그러곤 재빠르게 물 한 잔을 마셨다

3

"next to of course god america i
love you land of the pilgrims' and so forth oh
say can you see by the dawn's early my
country 'tis of centuries come and go
and are no more what of it we should worry
in every language even deafanddumb
thy sons acclaim your glorious name by gorry
by jingo by gee by gosh by gum
why talk of beauty what could be more beaut-
iful than these heroic happy dead
who rushed like lions to the roaring slaughter
they did not stop to think they died instead
then shall the voice of liberty be mute?"

He spoke.   And drank rapidly a glass of water

나는 울라프를 노래하네 기쁘고 거대한
그의 가장 따스한 마음은 전쟁에 움츠러들었지:
양심적인 거부자였던-또는

그의 사랑을받은 대령(가장 간결하게
길러진 민첩한 육사 출신 학생)
이 잘못을 저지른 울라프를 곧 손에 넣었네;
하지만—비록 큰 기쁨에 찬 많은
하사관이(먼저 머리를 두들기는
그)얼음장 같은 물을 굴러 건넜고
그 무력감으로 다른 사람들은
최근에 마련된 진흙탕 변기를
쓸었는데,
그러는 동안 동류의 지식인들은
둔탁한 도구들마다 충성을 환기시킨다 —
울라프(사실상 시체인
존재이자 신이 그에게 하사했을 것
외엔 어떤 누더기도 없는)
대답하길,불평 하나 없이
"너의 빌어먹을 국기에 입 맞추지 않으리"

4

i sing of Olaf glad and big

whose warmest heart recoiled at war:

a conscientious object-or

his wellbelovéd colonel(trig

westpointer most succinctly bred)

took erring Olaf soon in hand;

but—though an host of overjoyed

noncoms(first knocking on the head

him)do through icy waters roll

that helplessness which others stroke

with brushes recently employed

anent this muddy toiletbowl,

while kindred intellects evoke

allegiance per blunt instruments—

Olaf(being to all intents

a corpse and wanting any rag

upon what God unto him gave)

responds,without getting annoyed

"I will not kiss your fucking flag"

그 즉시 은빛 새가 심각한 얼굴을 보였고
(서둘러 면도하러 떠나네)

하지만—모든 종류의 장교는
(동경하는 국가의 푸른눈의 긍지)
그들의 수동적인 희생자를 발길질하고 저주하며
그들의 맑은 목소리와 부츠가
훨씬 더 낡아 버릴 때까지,
그의 직장 위에다가
일등병들을 낳아 열에 뜨겁게
구워진 능숙하게 장착된
총검으로 괴롭혔다네—
울라프(한때 무릎이었던 것 위에서)
는 거의 끊임없이 반복하네
"세상엔 내가 먹지 않을 것들이 있지"

우리의 대통령,은
적절하게 고지된 주장을 듣곤
빌어먹을노란놈을 지하 감옥으로
던져 버렸는데,거기서 그는 죽었다네

주님(과 그의 무한한 자비로)
내가 보게 해 주소서;그리고 울라프,또한

straightway the silver bird looked grave

(departing hurriedly to shave)

but—though all kinds of officers

(a yearning nation's blueeyed pride)

their passive prey did kick and curse

until for wear their clarion

voices and boots were much the worse,

and egged the firstclassprivates on

his rectum wickedly to tease

by means of skilfully applied

bayonets roasted hot with heat—

Olaf(upon what were once knees)

does almost ceaselessly repeat

"there is some shit I will not eat"

our president,being of which

assertions duly notified

threw the yellowsonofabitch

into a dungeon,where he died

Christ(of His mercy infinite)

i pray to see;and Olaf,too

지나치게 그러하였네 왜냐하면
통계가 나오기 전까진 그는
나보다 더 용감했고:당신보다 더 금발이었다네.

preponderatingly because

unless statistics lie he was

more brave than me:more blond than you.

5

플라톤이 그에게

말했고:그는 믿을 수가
없었다(예수가

그에게 말했다;그는
믿지 않았
다)노

자는
분명히 그에게
말했다,그리고 셔먼
(예

마님)
장군도;
그리고 심지어
(믿거나
말거

나)당신도

5

plato told

him:he couldn't
believe it(jesus

told him;he
wouldn't believe
it)lao

tsze
certainly told
him,and general
(yes

mam)
sherman;
and even
(believe it
or

not)you

그에게 말했다:나도 그에게
말했다;우리가 그에게 말했다
(그는 믿지 않았다,아니요

선생님)옛
육 번가 고가철도의
일본식 부품이

필요했
다;그의 머리 꼭대기에서:그에게

말하려거든

told him:i told

him;we told him

(he didn't believe it,no

sir)it took

a nipponized bit of

the old sixth

avenue

el;in the top of his head:to tell

him

정치

1

F는 태아에 들어가지(펑

크를후려치고
대중을빨아대고
그레이비를싸는 아빠 하지만
아무리 노력을 안 한다 해도

그냥 참지를 못했던)그

위대한 핑크
최고펑
범
한

극도로위선적인 D

민주주

404

Politics

1

F is for foetus(a

punkslapping
mobsucking
gravypissing poppa but
who just couldn't help it no

matter how hard he never tried)the

great pink
superme
diocri
ty of

a hyperhypocritical D

mocra

의(노래하자
파시스트 야수를 무찌르자고
붐

붐)한 눈에는

두 눈을 한
치아에는 네 치아를
(그리고 성스러운 횡설수설이 시작된다
복되어라 평화의망나니들아)

$ $ $ 등등(일당이

수그리는 것이
대중의 성향 자유로부터
자유로 기우는 것
일반 시민이 원하는 것)

꿀처럼 달R콤한 몰리팬츠

c(sing

down with the fascist beast

boom

boom)two eyes

for an eye four

teeth for a tooth

(and the wholly babble open at

 blessed are the peacemuckers)

$ $ $ etc(as

the boodle's bent is the

crowd inclined it's

freedom from freedom

the common man wants)

honey swoRkey mollypants

2

세일즈맨은 그거예요 그 구린내 나는 거 **실례**

합니다 당신이 대통령이든 당신이 말하는 것이든
신사ʼ랍시고 불리는 미스터 길쭉이든
중요하지 않습니다 수백만 불량배든
그냥 한 줌이든 절대로 문제가 되지
않습니다 란제리를 입고 있든

수의를 입고 있든 중요하지 않아요 구린내가 납니다

세일즈맨은 그거예요 기쁘게 하려고 구린내를 풍기는

하지만 스스로를 기쁘게 하려는지 다른 사람을
기쁘게 하려는지는 별 차이가 없습니다 그게
혐오를 팔든 콘돔을 팔든 교육을 팔든 뱀기름을 팔
든 진공
청소기를 팔든 공포를 팔든 딸기를 팔든 민주
주(매수자 위험부담원칙)의든 남아도는 머리칼이든

아님 **우리가 막** 인간이하의 권리를 **만난** 적 있다고
생각하든지 간에

2

a salesman is an it that stinks Excuse

Me whether it's president of the you were say
or a jennelman name misder finger isn't
important whether it's millions of other punks
or just a handful absolutely doesn't
matter and whether it's in lonjewray

or shrouds is immaterial it stinks

a salesman is an it that stinks to please

but whether to please itself or someone else
makes no more difference than if it sells
hate condoms education snakeoil vac
uumcleaners terror strawberries democ
ra(caveat emptor)cy superfluous hair

or Think We've Met subhuman rights Before

3

소를 타는 방법은
의자를 챙겨다 앉는 게 아니라
한 장소 주변에 선을 긋고는
아름답따'고 부르는 것이죠

왜냐하면과 왜를 곱하고
그때를 지금으로 나누고
그리고를 더하는 게 (저도 이해합니다)
소를 타는 어떻게이기 때문입니다

소를 타는 방법은
당신의 연장을 들어 올리는 게 아니라
슬롯에 페니를 넣고
왕소'처럼 고함지르는 일입니다

화환을 고대의 위대함으로부터
단열된 이마에 놓는 게
(톰 삼촌에게 폭탄을 던지면서)
소를 타는 방법이에요

소를 타는 방법은

3

the way to hump a cow is not

to get yourself a stool

but draw a line around the spot

and call it beautifool

to multiply because and why

dividing thens by nows

and adding and(i understand)

is hows to hump a cows

the way to hump a cow is not

to elevate your tool

but drop a penny in the slot

and bellow like a bool

to lay a wreath from ancient greath

on insulated brows

(while tossing boms at uncle toms)

is hows to hump a cows

the way to hump a cow is not

밀고 나서 당기는 게 아니라
벼락치기하는 기술을 연습하고
황금률*을 연설하면서

나에게 표를 달라 하는 것입니다(모든 품위 있는
남자와
여자들은 그렇게 할 것이지요
그렇지 않으면 저들은 지옥에 갈 것이고)
이게 소를 타는 방법입니다

to push and then to pull

but practicing the art of swot

to preach the golden rull

to vote for me(all decent mem

and wonens will allows

which if they don't to hell with them)

is hows to hump a cows

코뮤니즘과 파시즘

1

(영원-영원 땅에 대해 나는 말합니다
다정한 바보들 둥그렇게 모이십시오
감히 서지도 앉지도 못할 이들은
누워서라도 받아들이십시오)

인간의 영혼 따위는 말아요
캔에 담기지 않은 다른 모든 것도요
왜냐하면 영원-영원 땅에서는
모두가 캔오프너를 들고 다니니까

(왜냐하면 영원-영원 땅은
단순할 수 있을 만큼 단순한 공간이고
우리처럼 단순한 사람들이
의도적으로 그렇게 지었거든요)

지옥과 천국도 말아요
모든 종교적 소란도요

Communism and Fascism

1

(of Ever-Ever Land i speak
sweet morons gather roun'
who does not dare to stand or sit
may take it lying down)

down with the human soul
and anything else uncanned
for everyone carries canopeners
in Ever-Ever Land

(for Ever-Ever Land is a place
that's as simple as simple can be
and was built that way on purpose
by simple people like we)

down with hell and heaven
and all the religious fuss

영원이 우리 부모님을 기쁘게 했지만
일 인치 정도가 우리에겐 좋아 보이죠

(영원-영원 땅은
다 측정되고 안전하고
불운한 것이 행운인
그리고 히틀러가 콘'과 함께 누워 있는 곳)

무엇보다도 사랑은 말아요
모든 역겨운 것도
아님 모두가 덜 나쁘다 느껴야 할 때
누군가 더 낫다고 느끼게 하는 것도

(하지만 유일한 동일성만이
영원-영원 땅에서는 정상이에요
질 나쁜 시가는 여자라 칭하지만
샘은 그냥 샘'일 뿐이니까)

infinity pleased our parents

one inch looks good to us

(and Ever-Ever Land is a place

that's measured and safe and known

where it's lucky to be unlucky

and the hitler lies down with the cohn)

down above all with love

and everything perverse

or which makes some feel more better

when all ought to feel less worse

(but only sameness is normal

in Ever-Ever Land

for a bad cigar is a woman

but a gland is only a gland)

동무들은 죽는다 그러라고 들었으니까)
동무들은 죽는다 나이 들기 전에
(동무들은 죽는 걸 두려워하지 않는다
동무들은 삶을 믿지도
동무들은 삶을 믿을 것도
아니기 때문에)그리고 죽음은 이유를 안다

(모든 선한 동무는 바로 알 수 있다
그들의 이타적인 냄새로
모스크바는 피리를 불고 선한 동무들은 춤을 춘다)
동무들은 즐긴다
s.프로이트는 왠지 안다
당신의 바지에 실수할 수도 있다는 희망

모든 동무는 조금씩
경감되지 않은 미움의 조각들
(헛된 궤도를 따라 여행하는 건
신만이 이유를 아시며)
나도 그렇다
(왜냐하면 그들은 사랑하기를 두려워하므로

2

kumrads die because they're told)

kumrads die before they're old

(kumrads aren't afraid to die

kumrads don't

and kumrads won't

believe in life)and death knows whie

(all good kumrads you can tell

by their altruistic smell

moscow pipes good kumrads dance)

kumrads enjoy

s.freud knows whoy

the hope that you may mess your pance

every kumrad is a bit

of quite unmitigated hate

(travelling in a futile groove

god knows why)

 and so do i

(because they are afraid to love

3

붉은-헝겊과 분홍-깃발
검은셔츠와 갈색셔츠
으스대며-걷기와 수상쩍게-으스대기
모두가 마을로 왔다

누군가는 한방에 가기를 좋아하고
누군가는 매달려 가기를 좋아하고
누군가는 아홉 달 먹고
거기에 있는 걸 좋아한다

3

red-rag and pink-flag
blackshirt and brown
strut-mince and stink-brag
have all come to town

some like it shot
and some like it hung
and some like it in the twot
nine months young

4

「추수감사절 (1956)」

괴물 같은 공포가 삼킨다
너로 인해 이것은 나를 탈세계하게 하고
우리 아버지들의 아버지들의 신이 경배한다
누구처럼 걷는 그것을 향해서

하지만 민주주의의 웃음-띤-목소리가
밤이고 낮이고 선언한다
"자유롭고자 하는 모든 가난한 어린 국민이여
그저 u s a 를 믿으세요"

헝가리가 갑자기 일어나더니
끔찍한 울음을 울었다
"어떤 노예의 살지않음도 날 죽이지 못할 것이다
나는 자유롭게 죽을 것이다"

그녀는 테르모필레가 마라톤이
그리고 모든 전 인류의 역사가
그리고 마침내 UN이
들을 만큼 드높이 울부짖는다

4

THANKSGIVING (1956)

a monstering horror swallows

this unworld me by you

as the god of our fathers' fathers bows

to a which that walks like a who

but the voice-with-a-smile of democracy

announces night & day

"all poor little peoples that want to be free

just trust in the u s a"

suddenly uprose hungary

and she gave a terrible cry

"no slave's unlife shall murder me

for i will freely die"

she cried so high thermopylae

heard her and marathon

and all prehuman history

and finally The UN

"조용히 하시오 작은 헝가리여
당신에게 주어진 대로 하십시오
친절한 곰은 분노 헝가리고
우리는 대가성을 두려워하니까"

엉클 샘이 자신의 예쁜
분홍빛 어깨를 으쓱인다 뭔지 아시죠
그러곤 그 자유주의자 찌찌를 움찔거리며
혀짤배기소리한다 "나 지금 바쁘거든여"

그러니 랄-랄-라 민주주의
모두 지옥만큼 감사드리자
그리고 자유의 여신상을 묻어 버리자
(왜냐면 그거 냄새나기 시작하거든)

"be quiet little hungary
and do as you are bid
a good kind bear is angary
we fear for the quo pro quid"

uncle sam shrugs his pretty
pink shoulders you know how
and he twitches a liberal titty
and lisps "i'm busy right now"

so rah-rah-rah democracy
let's all be as thankful as hell
and bury the statue of liberty
(because it begins to smell)

문단

1

「시, 혹은 미가 바이날 씨에게 상처를 준다」

정말이야 애야
날 믿어
내 조국, 그대

여,클루에트 셔츠의
땅 **보스턴** 가터 그리고 **리글리가**의 **눈**을 **한**
소녀의 스피어민트 땅(그대의
애로 아이드
그리고 **얼** &
윌슨
옷깃)당신에 대해 나는
노래해:에이브러햄 링컨과 **리디아 E. 핑컴**의 땅,
무엇보다도 **그냥 뜨거운 물**만 **부어 드세요**의 땅—
모든 B.V.D에서*

The Literary Scene

1

POEM,OR BEAUTY HURTS MR. VINAL

take it from me kiddo

believe me

my country,'tis of

you,land of the Cluett

Shirt Boston Garter and Spearmint

Girl With The Wrigley Eyes(of you

land of the Arrow Ide

and Earl &

Wilson

Collars)of you i

sing:land of Abraham Lincoln and Lydia E. Pinkham,

land above all of Just Add Hot Water And Serve—

from every B.V.D.

자유가 울려 퍼지게 하라

아멘.   그래도 나는 저항한다,즉흥적이진
않다 그렇지 않으면 사람들에게 인사할 배설물 냄새가
풍기니까(모든 곳에서 왜) 그것과 이것마다
신성한 시는 급진적으로 폐간된 정기간행물이며.   나는

제안한다 어떤 사상이나 행동이나
각운들은,마치 질레트 면도날이
쓰이고 또 쓰이다가
신비롭게 뭉툭한 순간처럼 단호하게
재연마하여 사용 불가능을 의미함을. (좋은 예다

만약 우리가 이 부드럽고 오 달콤한
우울의 목소리를 스릴러 가운데서
나와 당신의 고층 빌딩 사이에서 이 황혼의 연주자들은
믿어야 한다면—헬렌 & 클레오파트라는 그저 너무나
아름답고,
　달팽이는 가시 위에 있으며 아침에 오고 신은
　제자리에 있다는 이야기 등등

　내 말 알아들어?)아마도
　토착적일 개똥지빠귀에

let freedom ring

amen. i do however protest,anent the un
-spontaneous and otherwise scented merde which
greets one(Everywhere Why)as divine poesy per
that and this radically defunct periodical. i would

suggest that certain ideas gestures
rhymes,like Gillette Razor Blades
having been used and reused
to the mystical moment of dullness emphatically are
Not To Be Resharpened. (Case in point

if we are to believe these gently O sweetly
melancholy trillers amid the thrillers
these crepuscular violinists among my and your
skyscrapers—Helen & Cleopatra were Just Too Lovely,
The Snail's On The Thorn enter Morn and God's
In His andsoforth

do you get me?)according
to such supposedly indigenous
throstles Art is O World O Life

의하면 예술은 오 세계며 오 삶이라
는 게 공식:예를 들어,당신의 셔츠 자락을
서랍으로 바꾸세요 그게 이스트먼이 아니라면 그게
코닥이 아니라면 그리하여 내 친구들은
우리가 각각 노래하게 만든다 모두 포르티시모로 아ㅡ
메
리

카,난
널,
사랑해. 그리고
수백ㅡ만ㅡ명의ㅡ사람ㅡ이ㅡ있어서,마치
당신들 모두가 성공적으로 마치
섬세하게 거세된 듯이(혹은 잘라 버린)
신사(그리고 숙녀들)ㅡ예쁘장한

작은간장약ㅡ
마음엔ㅡ누졸이필요한ㅡ이유가ㅡ있답니다
미국인들이여(긴장한힘줄을가진 자들 그리고
위를 향한 텅빈 눈을 가진 자들,고통스럽게
영원히 쭈그리고 앉아,떨면서,엄격하게
할당된 모래산을 바라보는
ㅡ어찌나 고요하게

a formula:example,Turn Your Shirttails Into

Drawers and If It Isn't An Eastman It Isn't A

Kodak therefore my friends let

us now sing each and all fortissimo A-

mer

i

ca,I

love,

You. And there're a

hun-dred-mil-lion-oth-ers,like

all of you successfully if

delicately gelded(or spaded)

gentlemen(and ladies)—pretty

littleliverpill-

hearted-Nujolneeding-There's-A-Reason

americans(who tensetendoned and with

upward vacant eyes,painfully

perpetually crouched,quivering,upon the

sternly allotted sandpile

—how silently

emit a tiny violetflavoured nuisance:Odor?

연보랏빛 맛의 뉘앙스를 뿜어내는지:**체취**?

오아니.
붓에 납작하게 달린 리본처럼 나온다네

ono.

comes out like a ribbon lies flat on the brush

2

작은 어니스트가 오후 녘
그의 죽음에서 무슨 노래를 불렀나?
(소야 넌 황소로 돌아가는구나가
어린 어니스ㅌ의 말이어따

2

what does little Ernest croon

in his death at afternoon?

(kow dow r 2 bul retoinis

wus de woids uf lil Oinis

3

「지식인의 발라드」

들어 봐, 크든 작든 이 바보들아
한 지식인의 이야기를 말이야
(그의 경력에서 얻을 게 없다면
후버사가 맥주를 준 적 없다고 말하지 마).

그가 태어난 곳에서는 자주 이렇게 말해
장미 한 송이는 가장 짧은 가시만큼이나 연약하다고:
그들은 동전처럼 뻣뻣하고 부츠 속에서 잠들고
누군가가 쏘면 누구나 죽고
보안관은 모두가 가 버린 뒤에나 도착한다고;
이건, 아마도,
당신과(그리고 내가) 마음의 것들에
압도적인 헌신을 찾기 어려운 환경일 것이다.
하지만 닭이 비처럼 내리면 우리는 모두 작은 참
새를 잡을 거야
—칼 더 마르크스의 말을 빌리자면.

어렸을 때 그는 보잘것없었다; 소음에 쪼그라들고
여자애들을 싫어하고 남자애들은 못 믿고,

3

BALLAD OF AN INTELLECTUAL

Listen,you morons great and small
to the tale of an intellectuall
(and if you don't profit by his career
don't ever say Hoover gave nobody beer).

'Tis frequently stated out where he was born
that a rose is as weak as its shortest thorn:
they spit like quarters and sleep in their boots
and anyone dies when somebody shoots
and the sheriff arrives after everyone's went;
which isn't,perhaps,an environment
where you would(and I should)expect to find
overwhelming devotion to things of the mind.
But when it rains chickens we'll all catch larks
—to borrow a phrase from Karl the Marks.

As a child he was puny;shrank from noise
hated the girls and mistrusted the boise,
didn't like whisky,learned to spell

위스키를 싫어했고,철자를 배우곤
대개는 지옥에 갈 것처럼 보였지;
그래서 그의 부모님은,절망에 고무되어,
그에게 고전 교육을 제공했어
(그리고 여자가 주인인 땅으로 가서
다시 부츠 속에 들어가 잤지).

너는 남은 이야기는 알잖아:흥미로운 비평가,
진지한 사색가,서정 시인,
동부에서 서부로 예술에 대해 강의하는
—오만한-사회가 거기에 반했나? 주놈이여!
만약 어느 고인의 부인이 우리 영웅의 곡조에 반
대했다면
그는 예수곡 한 페이지로 그녀를 기절시켰을 거야;
왜,그는 친구들에게 말하곤 했거든,그는
"사교계 데뷔녀 얻게끔 프루스드 좀 주세요"
그렇게 일어난 대부분의 여자 상속인은
에즈라 푼드의 칸토 하나에 홀딱 반했다
(아니면—칼 더 마르크스의 억양을 빌리면—
깨무는 얼룩다람쥐는 절대 짖지 않지).

하지만 모든 욕조엔 나름의 진을 가지고 있을 거고
한 남자의 여동생은 또 다른 남자에겐 죄일 수도 있고

and generally seemed to be going to hell;
so his parents,encouraged by desperation,
gave him a classical education
(and went to sleep in their boots again
out in the land where women are main).

You know the rest:a critic of note,
a serious thinker,a lyrical pote,
lectured on Art from west to east
—did sass-seyeity fall for it? Cheast!
if a dowager balked at our hero's verse
he'd knock her cold with a page from Jerse;
why,he used to say to his friends,he used
"for getting a debutante give me Prused"
and many's the heiress who's up and swooned
after one canto by Ezra Pooned
(or—to borrow a cadence from Karl the Marx—
a biting chipmunk never barx).

But every bathtub will have its gin
and one man's sister's another man's sin
and a hand in the bush is a stitch in time
and Aint It All A Bloody Shime

수풀 안 손은 제 때의 한 땀이고
정말이지 모든 게 끔찍하지 않은가
그는 죽음보다 더한 운명에 고통받았고
그리고 나는 불쾌한 구취에 대해 말하는 게 아니다.

우리의 피어나는 영웅이 깨어나더니,어느 날,
말할 게 아무것도 없음을 알았다:
그걸 내가 해석해 보자면(그냥 재미로)
be의 es가 완료되었다는 뜻으로
나는(그리고 아마 당신,역시도)
오개년계획이 명랑한 보상가치가 있다고 생각하지 않을
수도
그리고 우리 둘 다 스탈린이 산타 클로스라고 믿기 전에
멈춰 서지 않을 수도 있고:
그건 행복하게도 우리 둘 중 누구도
진짜 지식인 녀석들이 아니라는 걸 입증한다.

그가 스스로를 참 텅 비고 상처받았다고 느낄 때,
우리 지식인들은 무얼 하였는가?
그는 잠시간 생각하더니 말했다,뭐라 했냐면
"그것은 사회 시스템이다,내가 문제가 아니라!
나는 가짜가 아니고,미국이 가짜다!
내가 예술가가 아닌 게 아니라,예술이 속임수다!

and he suffered a fate which is worse than death
and I don't allude to unpleasant breath.

Our blooming hero awoke,one day,
to find he had nothing whatever to say:
which I might interpret(just for fun)
as meaning the es of a be was dun
and I mightn't think(and you mightn't,too)
that a Five Year Plan's worth a Gay Pay Oo
and both of us might irretrievably pause
ere believing that Stalin is Santa Clause:
which happily proves that neither of us
is really an intellectual cus.

For what did our intellectual do,
when he found himself so empty and blo?
he pondered a while and he said,said he
"It's the social system,it isn't me!
Not I am a fake,but America's phoney!
Not I am no artist,but Art's bologney!
Or—briefly to paraphrase Karl the Marx—
'The first law of nature is,trees will be parx.' "

또는 ─칼 더 마르크스의 말을 간략히 풀어 보자면─
'자연의 첫 번째 법칙은, 나무들이 공원이 될 거라는 것.'"

잡다한 계층의 여러 바보여
(타임스도 읽고 매스지를 사는 사람들)
그의 경력에서 얻을 게 없다면
후버사가 맥주를 준 적 없다고 말하지 마.

레닌의 꿈을 은밀히 눈감아 준 자는
총검, 없다와 겉모습 위에서 식사할 것이며
조금 빗나간 것도 한참을 빗나간 것과 같다
당신이 부르주아가 아니라면 당신은 에디 게스트˙고
황무지는 살고 허리선은 죽으며,˙
내 눈에 그런 일이 일어나지 않기를 간절히 바란다;
또는 동지 셰익스피어가 그 옛날에 말했듯이
반짝이는 모든 것은 마이크 골드다˙

(굴러가는 눈덩이는 아무 불꽃도 일으키지 못한다
─그리고 그건 칼 더 마르크스에게도 해당되는 진실).

Now all you morons of sundry classes

(who read the Times and who buy the Masses)

if you don't profit by his career

don't ever say Hoover gave nobody beer.

For whoso conniveth at Lenin his dream

shall dine upon bayonets,isn't and seam

and a miss is as good as a mile is best

for if you're not bourgeois you're Eddie Gest

and wastelands live and waistlines die,

which I very much hope it won't happen to eye;

or as comrade Shakespeare remarked of old

All that Glisters Is Mike Gold

(but a rolling snowball gathers no sparks

—and the same hold true of Karl the Marks).

인류혐오적 기분

1

뱀이 꿈틀거릴 권리를 두고 흥정하고
태양이 최저생활임금을 얻고자 파업했을 때—
가시가 제 장미를 경고로 간주하고
무지개가 노년보장보험에 가입했을 때

모든 개똥지빠귀가 뜨지 않는 초승달을 노래할 때
가면올빼미가 그의 목소리를 승인하지 않는다면
—그리고 점선이나 다른 어떤 선 위에 그 어떤
파도의 징후에 바다가 닫혀야만 한다면

오크나무가 도토리를 만들 거라면서
자작나무의 허락을 구할 때—계곡은 산맥이
고도를 지녔다고 고발하고—삼월은
사월이 사보타주한다고 비난할 때

그러고 나면 우리는 그 믿을 수 없는
비동물 인류를 믿을 것이다(그때까지는 아닌)

Misanthropic Moods

1

when serpents bargain for the right to squirm
and the sun strikes to gain a living wage—
when thorns regard their roses with alarm
and rainbows are insured against old age

when every thrush may sing no new moon in
if all screech-owls have not okayed his voice
—and any wave signs on the dotted line
or else an ocean is compelled to close

when the oak begs permission of the birch
to make an acorn—valleys accuse their
mountains of having altitude—and march
denounces april as a saboteur

then we'll believe in that incredible
unanimal mankind(and not until)

2

이 분주한 괴물을 불쌍히 여기지,비인간종이여,˙

말지어다. 진보는 편안한 질병:
당신의 희생자(죽음과 삶이 안전하게 저 너머에)

는 자신의 작음의 큼을 가지고 놀고
—전자들은 면도기날 하나를 산맥으로
신격화한다;렌즈들은 그만바라기를˙

굽어 있는 어디언제까지 확장한다 그만바라기가
자기 안 자신으로 돌아올 때까지.
                                    만들어진 세계는
태어난 세계가 아니다—안쓰러운 육체와 나무를

불쌍히 여길 것,안쓰러운 별과 돌도,하지만 절대로 이
초마법적인

초전능한 훌륭한 종은 말고. 우리 의사들은

가망없는 경우들을 안다— 들어보시게:옆집에
선한 우주의 지옥이 있다오;갑시다

2

pity this busy monster,manunkind,

not.   Progress is a comfortable disease:
your victim(death and life safely beyond)

plays with the bigness of his littleness
—electrons deify one razorblade
into a mountainrange;lenses extend

unwish through curving wherewhen till unwish
returns on its unself.
                                    A world of made
is not a world of born—pity poor flesh

and trees,poor stars and stones,but never this
fine specimen of hypermagical

ultraomnipotence.   We doctors know

a hopeless case if—listen:there's a hell
of a good universe next door;let's go

3

우주란 존재는(기억하기를 잊지 말기)굽어져서
(그리고 그건 생각나게 한다 누가 말했더라 오 맞아
프로스트였지
담을 좋아하지 않는 **무언가**가 있다'라는)

전자기는(이제는 내가 잃은
그)아인슈타인이 뉴턴의 법칙을 확장해서
연속체를 보존한 것(이전에 우리는 그걸 읽었지)

물론 삶은 **반**사작용일 뿐이란 걸 알
터 왜냐하면 **모**든 것은 **상**대적이거나

모두 요약하자면 신은 **죽**었기 때문에(매장

한 것은 말할 것도 없고)
                    영원하라 그 **올려**다보는
고요한 그림 같은 **미화**된
창조의 주군,인간이여:

                 최소한 **그**의 동정 어린
손가락을 구부리는 것만으로,지구상의 가장 위대한

네발짐승은 당구**공**으로 기절해 버리네!

3

Space being(don't forget to remember)Curved
(and that reminds me who said o yes Frost
Something there is which isn't fond of walls)

an electromagnetic(now I've lost
the)Einstein expanded Newton's law preserved
conTinuum(but we read that beFore)

of Course life being just a Reflex you
know since Everything is Relative or

to sum it All Up god being Dead(not to

mention inTerred)
                    LONG LIVE that Upwardlooking
Serene Illustrious and Beatific
Lord of Creation,MAN:

                    at a least crooking
of Whose compassionate digit,earth's most terrific

quadruped swoons into billiardBalls!

4

("불이야 도둑을 막아 도와줘 살인이야 세상을 구해 줘"

무슨 세계?

　　　　　이 벌레들이 의미하는 게 자기들 자신인가?
미세한 비명이 영원보다 더 거대한
천상의 고요 실타래를 혼란스럽게
할 때,인간들은 구원자가 될 것이다

　　　　　　　　　　　　　—폴짝

메뚜기,정확히 곧 아무것도 없을 거야;
소리 지르네,당신들 모두 소리 지르는 사람들,당신의
만약이 끝날 때까지
그리고 불(不)의 기적 아래로 사라지네)

"알고 있나요" 라는 산,그 산의 단풍나무들이
공기를 피로 울었고,물었다 "나만큼이나 작은 아이가
할 수 있거나 될 수 있는 걸?"
신이 그에게 눈송이를 속삭이며 "그렇지:너는
이제 잠들 수 있단다,나의 산이여" 그리고 이 산은
잠들었다

산의 소나무들이 제 푸른 잎들을 들어 올리며 웃는 동안

4

("fire stop thief help murder save the world"

what world?
            is it themselves these insects mean?
when microscopic shriekings shall have snarled
threads of celestial silence huger than
eternity,men will be saviours
                          —flop
grasshopper,exactly nothing's soon;
scream,all ye screamers,till your if is up
and vanish under prodigies of un)

"have you" the mountain,while his maples wept
air to blood,asked "something a little child
who's just as small as me can do or be?"
god whispered him a snowflake "yes:you may
sleep now,my mountain" and this mountain slept

while his pines lifted their green lives and smiled

5

여호와는 묻혔고, 사탄은 죽었고,
경외하는 이들이 **매우**와 **빨리**를 숭배하네;
나쁨이 나쁘다고 느껴지지 않으니,
온순한 것을 선이라 생각한다;
복종은 딱을 말하고, 항복은 똑을 말하며,
영원은 오개년계획:
만약 **기쁨**과 **고통**이 저당 잡혀 있다면
누가 감히 스스로를 인간이라 부를 수 있겠는가?

꿈없는 악당들이여 **그림자**가 내어 준 길을 가라,
당신의 헤리의 톰, 당신의 톰은 딕;
가젯들이 죽이고 꿱꿱대고 더하는 동안,
같다는 컬트가 온통 멋지다;
도구에 의해, 깨끗과 맑게는 둘 다,
정당히 **맑게** **깨끗**하게로 계량되었다:
마이크에게 입 맞추고자 유대인이 유대인놈이 된다면
누가 감히 스스로를 인간이라 부를 수 있겠는가?

거짓말쟁이들은 **진실**을 위해 시끄럽게 애원했고,
노예들은 **자유**를 향해 발뒤꿈치를 두들길 것이다;
멍청한 놈들이 성스럽고, 시인들이 미쳤고,

5

Jehovah buried,Satan dead,

do fearers worship Much and Quick;

badness not being felt as bad,

itself thinks goodness what is meek;

obey says toc,submit says tic,

Eternity's a Five Year Plan:

if Joy with Pain shall hang in hock

who dares to call himself a man?

go dreamless knaves on Shadows fed,

your Harry's Tom,your Tom is Dick;

while Gadgets murder squawk and add,

the cult of Same is all the chic;

by instruments,both span and spic,

are justly measured Spic and Span:

to kiss the mike if Jew turn kike

who dares to call himself a man?

loudly for Truth have liars pled,

their heels for Freedom slaves will click;

where Boobs are holy,poets mad,

진보의 걸출한 불량배들은 꺅꺅거린다;
영혼들이 추방되고,마음들은 병들었고,
마음들이 아픈 중엔,정신은 아무것도 할 수가 없다:
만약 증오가 게임이고 사랑이 학대라면
누가 감히 스스로를 인간이라 부를 수 있겠는가?

왕이신 그리스도여,이 세계는 모두 새고 있습니다;
그리고 구명구들이 거기에 없어요:
오직 그만이 걸을 수 있을 파도가 있지요
감히 스스로를 인간이라 부를 수 있는 그가.

illustrious punks of Progress shriek;

when Souls are outlawed,Hearts are sick,

Hearts being sick,Minds nothing can:

if Hate's a game and Love's a fuck

who dares to call himself a man?

King Christ,this world is all aleak;

and lifepreservers there are none:

and waves which only He may walk

Who dares to call Himself a man.

XII. 결말

ENDINGS

자기비난

1

어느 검은 날 전혀 모르는 사람이
내게 살아 있는 지옥을 선사했다—

그는 용서가 어렵다고 여겼다
그가 곧 나(우연히도)자신이니까

—하지만 악마와 나는 이렇게
불멸의 친구가 되어 서로의 서로가 되었네

Self-Excoriation

1

a total stranger one black day
knocked living the hell out of me—

who found forgiveness hard because
my(as it happened)self he was

—but now that fiend and i are such
immortal friends the other's each

2

너무 많은 자아(그렇게 많은 악마와 신은
각각이 모두보다 한층 탐욕스럽고)가 한 사람이다
(너무도 쉽게 하나가 다른 하나에 숨지;
　하지만 인간은,전부로 존재하며,어느 것에서도 도
망칠 수 있다)

너무도 큰 소란이 가장 간단한 소망:
너무도 냉혹한 대학살이 가장 순진한
희망(육신의 마음이 너무도 깊고
깨어남을 잠들었다 부르는 것이 너무도 깨어 있다)

그리하여 가장 외로운 존재도 결코 혼자가 아니다
(그의 가장 짤막한 숨도 어떤 행성의 해를 살고,
그의 가장 긴 삶은 어떤 태양의 심박 한 번이며;
그의 최소한의 부동이 갓 태어난 별을 배회한다)

—어떻게 그를 "나"라고 부르는 바보가
헤아릴 수 없는 그들을 이해한다고 주장할 수 있을까?

2

so many selves(so many fiends and gods

each greedier than every)is a man

(so easily one in another hides;

yet man can,being all,escape from none)

so huge a tumult is the simplest wish:

so pitiless a massacre the hope

most innocent(so deep's the mind of flesh

and so awake what waking calls asleep)

so never is most lonely man alone

(his briefest breathing lives some planet's year,

his longest life's a heartbeat of some sun;

his least unmotion roams the youngest star)

—how should a fool that calls him "I" presume

to comprehend not numerable whom?

3

인간이 아니다,만약 인간이 신이라면;하지만 신들이
인간이 되어야만 한다면,때때로 유일한 인간은 이
(가장 흔한,각각의 괴로움이 그의 슬픔이기에;
  그리고,그의 기쁨은 단순한 기쁨을 넘어서기에,가
장 드문)

악마다,만약 악마가 진실을 말한다면;만약 천사들이

자기들의 완전하게 관대한 빛으로 타오른다면,
천사는;혹은(셀 수 없는 운명을 실패하는 대신
그는 다양한 세계를 물리칠 것이다)
겁쟁이,광대,반역자,바보,몽상가,짐승—

그런 게 시인이었고 그럴 거고 그렇다

—태양광선의 구조물을 제 인생을 걸고 지키고자
공포의 깊이를 풀어낼 사람:
그리고 절망의 불멸의 정글을 새겨
산맥의 박동을 제 손에 쥘 사람

3

no man,if men are gods;but if gods must
be men,the sometimes only man is this
(most common,for each anguish is his grief;
and,for his joy is more than joy,most rare)

a fiend,if fiends speak truth;if angels burn

by their own generous completely light,
an angel;or(as various worlds he'll spurn
rather than fail immeasurable fate)
coward,clown,traitor,idiot,dreamer,beast—

such was a poet and shall be and is

—who'll solve the depths of horror to defend
a sunbeam's architecture with his life:
and carve immortal jungles of despair
to hold a mountain's heartbeat in his hand

종교적 성향

1

나는 신인 **당신**에게 감사드립니다 이 놀라운
날을:나무의 도약하는 푸르른 기운과
파란 하늘의 진정한 꿈을;그리고 거의 모든
자연적인 것을 영원한 것을 긍정하는 것을

(죽었던 나는 오늘 다시 삽니다,
이날은 태양의 생일;이날은 삶의 생
일이고 사랑의 생일이고 날개의 생일:그리고 발랄하고
훌륭한 무한한 지구 발생의 생일)

어떻게 맛봄과 만짐과 듣기와 보기와
숨쉬기 그 모든 게―모든 것 중에서
아무것도 아닌 것으로부터 비롯할까요―단지
인간으로 존재하는 것으로
상상할 수 없는 **당신**을 의심할 수 있을까요?

(이제 내 귀의 귀들이 깨어나고
이제 내 눈의 눈들이 뜨였습니다)

Religious Leanings

1

i thank You God for most this amazing
day:for the leaping greenly spirits of trees
and a blue true dream of sky;and for everything
which is natural which is infinite which is yes

(i who have died am alive again today,
and this is the sun's birthday;this is the birth
day of life and of love and wings:and of the gay
great happening illimitably earth)

how should tasting touching hearing seeing
breathing any—lifted from the no
of all nothing—human merely being
doubt unimaginable You?

(now the ears of my ears awake and
now the eyes of my eyes are opened)

2

나는 작은 교회(위대한 대성당은 아니고요)
서두르는 도시의 광휘나 불결함과는 거리가 먼
—나는 날들이 더욱 짧아진다고 해서 걱정하지 않고,
나는 해와 비가 사월을 만들 때도 슬퍼하지 않는다

내 인생은 수확하는 이의 씨 뿌리는 이의 삶;
나의 기도는 서투르게 고투하는 지구 자신의 기도
(찾고 잃고 웃고 우는)아이들의
어떤 슬픔이든 기쁨이든 나의 비탄이거나 나의 반가움
이고

나의 주변에선 끝나지 않는 탄생과
영광과 죽음과 부활의 기적이 밀려든다:
잠들어 있는 내 위로 불타는 희망의 상징들이
떠다니고,나는 완벽한 산맥의 인내로 깨어난다

나는 작은 교회(황홀과 비통이 있는 제정신 아닌
세계와는 거리가 먼)자연과 함께 평화로운 곳
—나는 더 긴 밤들이 가장 길어진대도 걱정하지 않는다;
나는 고요가 노래가 되어도 슬퍼하지 않는다

2

i am a little church(no great cathedral)
far from the splendor and squalor of hurrying cities
—i do not worry if briefer days grow briefest,
i am not sorry when sun and rain make april

my life is the life of the reaper and the sower;
my prayers are prayers of earth's own clumsily striving
(finding and losing and laughing and crying)children
whose any sadness or joy is my grief or my gladness

around me surges a miracle of unceasing
birth and glory and death and resurrection:
over my sleeping self float flaming symbols
of hope,and i wake to a perfect patience of mountains

i am a little church(far from the frantic
world with its rapture and anguish)at peace with nature
—i do not worry if longer nights grow longest;
i am not sorry when silence becomes singing

winter by spring,i lift my diminutive spire to

겨울에서 봄으로, 나는 아주 작은 나의 첨탑들을
오직 지금만이 영원인 자비로운 그분에게로 올린다:
그분의 존재함이란 불멸의 진실 속에 꼿꼿이 서서
(겸허하게 그분의 빛을 그리고 자랑스럽게 그분의
어둠을 환영하며)

merciful Him Whose only now is forever:

standing erect in the deathless truth of His presence

(welcoming humbly His light and proudly His darkness)

3

겨울이다 오후의 달과
따뜻한 대기가 일월로 변하는데 그 사이로
어둠이 다정하게 피어난다,대성당은
자신의 몽환적인 뼈대를 두터운 황혼에 기대고 있다

나는 우리의 여인 앞에서 원을 이룬 사람들을 본다
원심력이 만들어 내는 취약한 황홀감이 남자 한 명을,
고양이 세 마리를,흰 쥐 다섯 마리를,그리고 개코 원숭이
한 마리를
서투르게 삼키는 얼굴들을 기대하고 있다.

오 날렵한 얼굴의 한 마리 원숭이가 조심스럽게
이 푹신한 장대의 길이를 뒤뚱거리며 걷는다;이것
에 단단히 사슬로 묶인
원숭이 한 마리는 언제나 혼자
말하는,신비하고 재치 있는 맨머리.

병목에서 병목으로 부드럽게 움직이는 고양이들, 병
사이에서 부드럽게 들고 나는 고양이들, 꾸물거리는
다섯 머리 쥐들 위의 이 장대를 따라 부드럽고도
재빠르게 발을 내딛는 고양이들;혹은 불의 고리를

3

it is winter a moon in the afternoon
and warm air turning into January darkness up
through which sprouting gently,the cathedral
leans its dreamy spine against thick sunset

i perceive in front of our lady a ring of people
a brittle swoon of centrifugally expecting
faces clumsily which devours a man,three cats,
five white mice,and a baboon.

O a monkey with a sharp face waddling carefully
the length of this padded pole;a monkey attached
by a chain securely to this always talking
individual,mysterious witty hatless.

Cats which move smoothly from neck to neck of bottles,cats
smoothly willowing out and in between bottles,who step smoothly
and rapidly along this pole over five squirming
mice;or leap through hoops of fire,creating smoothness.

People stare,the drunker applaud

뛰어넘어,부드러움을 창조하는.

사람들이 응시한다,취객이 박수 치고
황혼은 버밀리언 재킷의 강렬함을 완화시키고
그걸 입고 사랑스럽게 쥐고 있으라며 쥐를 받은
아슬아슬한 재클린이 고개를 끄덕인다,

우리의 여인이여 당신은 이에 대해 어떻게 생각하
나이까?   당신의 자랑스러운 손가락과
팔이 뭔가 연약하게 꾸물거리는 무언가를 떠올리며
신비라는 이름으로 당신에게 주어진 무언가를 떠올
리며 떨리나요?
······대성당은 대답 없이 날씨 속으로 물러간다

while twilight takes the sting out of the vermilion

jacket of nodding hairy Jacqueline who is given a mouse

to hold lovingly,

our lady what do you think of this?   Do your proud fingers and

your arms tremble remembering something squirming fragile

and which had been presented unto you by a mystery?

... the cathedral recedes into weather without answering

4

소용돌이로부터 황홀하게 이

자랑스러운 지구의 가장 놀라운 밤의 아무 곳도
아닌 곳에서
새로 태어난 아기가 꽃핀다:그의 주변으론,눈들이
—단순한 비(非)기적이 달랠 수 있는 것을
넘어선 그 모든 날 세운 욕망의 재능을 지닌—
그들의 상상된 신체를 하고 겸허하게 무릎 꿇는다
시간 공간 파멸 꿈을 넘어 떠다니는 그 전체

아마도란 없는 천국의 미스터리)

영혼 없는 마음은 존재할 수 있었던 어떤 우주를
폭발시킬 수도 있고,만 개의 별을 막아설 수도 있지만
이 아이의 심장박동 하나는 막을 수 없다;심지어
고요에 맞선 백만 개의 질문들조차
어머니의 미소를 넘어서지 못할 것이다

—그 미소의 유일한 비밀은 모든 창조물이 노래하는 것

4

from spiralling ecstatically this

proud nowhere of earth's most prodigious night
blossoms a newborn babe:around him,eyes
—gifted with every keener appetite
than mere unmiracle can quite appease—
humbly in their imagined bodies kneel
(over time space doom dream while floats the whole

perhapsless mystery of paradise)

mind without soul may blast some universe
to might have been,and stop ten thousand stars
but not one heartbeat of this child;nor shall
even prevail a million questionings
against the silence of his mother's smile

—whose only secret all creation sings

필멸자의 속삭임

1

노년은 붙인
다 **접근**
금지
신호를)&

청춘은 그것들을 **휙** 끌어
내린다(노
년이
외친다 **출입**

금)&(지)
청춘이 웃는다
(노래한다
노년은

꾸짖는다 **금지**
하라 **멈추라**

Whispers of Mortality

1

old age sticks
up Keep
Off
signs)&

youth yanks them
down(old
age
cries No

Tres)&(pas)
youth laughs
(sing
old age

scolds Forbid
den Stop

하지
말라 안돼

&)청춘은 계속
간다
늙어
가며

Must

n't Don't

&)youth goes

right on

gr

owing old

2

낭비함을 관대함으로 보아라
―청춘을 세월로 보아라―
순전한 경이를 단순한 놀라움으로 보아라
(그리고 페이지를 넘겨라)

만족을 황홀로 보아라
―시는 산문으로―
조심을 호기심으로
(그리고 눈을 감아라)

2

for prodigal read generous

—for youth read age—

read for sheer wonder mere surprise

(then turn the page)

contentment read for ecstasy

—for poem prose—

caution for curiosity

(and close your eyes)

3

어떤 침묵도(침묵은 노래하는 육체의
피)출입하지 말 것:다만 노래 말 것. 유령
같음에 그런 거대함이 얼마나 조용한지,죽은

잎 한 장의 동요가 굉음을 만든다

―저 멀리서(살아 있는 한 가장 먼 곳에서)사월이
누워 있다;그리고 나는 숨 쉬고-움직이고-그리고-보인다어떤
영원히 서성이는 이유없음처럼―

가을은 갔다;겨울은 영영 안 오려는가?

오 오라,끔찍한 익명이여;살인적인
추위의 영하로 나라는 유령을 감싸안으라
―백만 개 바람의 칼날로 이 유령을 열어 내라―
그의 없음을 분노한 하늘 사방에 흩어 놓고

조심스레
        (바로 그 휨:절대적 평화,
상상조차 할 수 없는 미스터리)
                        내려오라

3

enter no(silence is the blood whose flesh

is singing)silence:but unsinging.   In

spectral such hugest how hush,one

dead leaf stirring makes a crash

—far away(as far as alive)lies

april;and i breathe-move-and-seem some

perpetually roaming whylessness—

autumn has gone:will winter never come?

o come,terrible anonymity;enfold

phantom me with the murdering minus of cold

—open this ghost with millionary knives of wind—

scatter his nothing all over what angry skies and

gently

        (very whiteness:absolute peace,

never imaginable mystery)

                        descend

4

이제 우리 세계가 내려간다
아무것도 없는 길로
(잔인은 다정을 무화하고;
친구는 적이 된다)
그러므로 애통해 하라,나의 꿈이여
행동가의 운명을 뒤집어쓰라

창조는 이제 고안해 내는 것;
상상된 것,그저 알 뿐
(자유:노예를 만들어 내는 것)
그러므로,나의 인생은,누워라
그리고 더 많이 견뎌라
네가 아니었던 그 모든 것을

숨겨라,가난하고 불명예스러운 마음
스스로 그토록 현명하다고 가르쳤던 마음;
예와 아니오에 관해
많은 것을 이해할 수 있다고 생각했던 마음:
만약 그것들이 같아진다면
당신은 안 되기를 할 시간

4

now does our world descend
the path to nothingness
(cruel now cancels kind;
friends turn to enemies)
therefore lament,my dream
and don a doer's doom

create is now contrive;
imagined,merely know
(freedom:what makes a slave)
therefore,my life,lie down
and more by most endure
all that you never were

hide,poor dishonoured mind
who thought yourself so wise;
and much could understand
concerning no and yes:
if they've become the same
it's time you unbecame

오르던 것과 밝던 곳은
어둠이며 넘어지는 곳
(이제 틀림은 유일한 맞음이다
용기는 모두 겁쟁이들이니까)
그러므로 절망하라, 나의 마음이여
그리고 먼지로 죽어라

하지만 이 끝없는 끝으로부터
우리 짧은 행복의 순간마다―
보고 있는 눈들이 멀어 버리는 곳
(입술이 입 맞추기를 잊는 곳)
모든 것이 아무것도 아닌 곳
―일어나라, 나의 영혼;그리고 노래하라

where climbing was and bright
is darkness and to fall
(now wrong's the only right
since brave are cowards all)
therefore despair,my heart
and die into the dirt

but from this endless end
of briefer each our bliss—
where seeing eyes go blind
(where lips forget to kiss)
where everything's nothing
—arise,my soul;and sing

5

모든 근사함이 멈춘다,그동안 별 하나가 자란다

모든 거리가 종의 최후의 꿈을 숨 쉰다;
잔광을 따라 완벽하게 그려진 윤곽은
모든 놀라운 그 그리고 평화로운 언덕들

(어디 아니고 여기 아니고 하지만 둘 다 파랗지 않다 대
부분 거의)

그리고 역사는 단 하루의 달콤한 죽음에 의해
헤아릴 수 없이 더욱 부유해진다:
상상의 비밀들이 둥둥 떠다니며

그 거대한 금빛 전체를 떠올리는 달.

시간의 이상한 동료;
                    그는 받기보다 더 내어놓는다
(그리고 그는 다 가져간다)완전히 사라지는 것엔
어떤 경이도 없는 것이며 더욱 강렬하게
잃거나,얻게 만든다
                    ―사랑을! 만약 그 모든 세상보다

한 세상이 끝나면 시작이(보기?)시작할 것이라네

5

all nearness pauses,while a star can grow

all distance breathes a final dream of bells;
perfectly outlined against afterglow
are all amazing the and peaceful hills

(not where not here but neither's blue most both)

and history immeasurably is
wealthier by a single sweet day's death:
as not imagined secrecies comprise

goldenly huge whole the upfloating moon.

Time's a strange fellow;
                              more he gives than takes
(and he takes all)nor any marvel finds
quite disappearance but some keener makes
losing,gaining
                      —love! if a world ends

more than all worlds begin to(see?)begin

6

여행
이란
무얼까

?

위로
위로위로:가
기

아래로아래로아래로

오:기 경
이
의 해

달 별 그 모든,& 하나

(가장
큰 것보다 더 큰
것이

존재하기

6

what is

a

voyage

?

up

upup:go

ing

downdowndown

com;ing won

der

ful sun

moon stars the all,& a

(big

ger than

big

gest could even

시작할)꿈꾸라
어떤;존재를:어떤
생명체를 그린

바

다
(어디에도
아무것도

하지만 빛과 어둠만이;하지만

절대로 영원히
& 언제)까
지 가장

끝내주는 지금의

여기라는,엄격함까지,
수백만의(수백
의)수천의

실은**날개**인울음들과**함께**

begin to be)dream

of;a thing:of

a creature who's

O

cean

(everywhere

nothing

but light and dark;but

never forever

& when)un

til one strict

here of amazing most

now,with what

thousands of(hundreds

of)millions of

CriesWhichAreWings

7

삶이 제 몫을 꽤 마치고
나뭇잎들이 유감을 외칠 때,
제비를 위해
해야 할 일들이 많다, 파란
하늘에서의 비행을 마무리하기에;

사랑이 눈물을 다 흘렸을 때,
아무래도 몇 백만 년을
보낼 것이고
(그동안 한 마리 벌은 양귀비꽃
위에서 잠든다, 귀여운 것들;

모든 게 끝나고 말해졌을 때, 그리고
풀 속에서는
그녀의 머리가 놓여 있다
오크나무와 장미 곁에
의도적으로.)

7

when life is quite through with
and leaves say alas,
much is to do
for the swallow,that closes
a flight in the blue;

when love's had his tears out,
perhaps shall pass
a million years
(while a bee dozes
on the poppies,the dears;

when all's done and said,and
under the grass
lies her head
by oaks and roses
deliberated.)

8

수선화의 시간에는(살아감의
목표가 성장하기라는 걸 아는)
왜를 잊어 가고,어떻게인지 기억하며

라일락의 시기는 깨어남의 목적이
꿈꾸기라는 걸 보여 준다,
그렇게 기억하라(잊어버리는 것처럼 보여도)

장미의 시간은(우리의 지금과 여기를
천국으로 놀라게 해 주는)
만약을 잊어 간다,그렇다를 기억하라

모든 다정한 것의 시기에
어떤 마음이라도 이해할 수 있는 것을 넘어서,
추구하기를 기억하라(찾기를 잊고)

그리고 존재할 신비 속에서
(시간으로부터의 시간이 우리를 자유롭게 할 때)
나를 잊어 가고,나를 기억하라

8

in time of daffodils(who know

the goal of living is to grow)

forgetting why,remember how

in time of lilacs who proclaim

the aim of waking is to dream,

remember so(forgetting seem)

in time of roses(who amaze

our now and here with paradise)

forgetting if,remember yes

in time of all sweet things beyond

whatever mind may comprehend,

remember seek(forgetting find)

and in a mystery to be

(when time from time shall set us free)

forgetting me,remember me

9

이제 나는 나를(주변 모든 곳에)
넌다(위대하고 어둑하고 깊은 빗
소리;항상과 아무 곳도 아닌 곳의 소리)그리고

얼마나 다정하게 환대하는 극어둠인가―

이제 나는 나를 넌다(음악보다도
가장 가파른 곳에)저 햇살이
(삶과 낮의 존재가)오직 빌린 것임을 느끼며:반면에
밤은 주어졌다(밤과 죽음과 비는

주어진 것;그리고 주어진 것이 얼마나 아름답게
눈 내리는지)

이제 나는 나를 꿈에 넌다(그 무엇도
나나 누구나 당신이라도
상상하기를 시작하기를 시작할 수 없는)

누구도 지킬 수 없는 무언가에 대한 꿈을.
나는 나를 넌다 **봄**을 꿈꾸기 위해서

9

Now i lay(with everywhere around)
me(the great dim deep sound
of rain;and of always and of nowhere)and

what a gently welcoming darkestness—

now i lay me down(in a most steep
more than music)feeling that sunlight is
(life and day are)only loaned:whereas
night is given(night and death and the rain

are given;and given is how beautifully snow)

now i lay me down to dream of(nothing
i or any somebody or you
can begin to begin to imagine)

something which nobody may keep.
now i lay me down to dream of Spring

10

이

하
ㄴ ㅏ
의

눈송이

(ㅂ
   ㅊ
     나
    느
  ㄴ)

가 앉는다 가장

중
ㄷ ㅐ
한

것 위에

10

one

t

hi

s

snowflake

(a

    li

      ght

   in

g)

is upon a gra

v

es

t

one

후주곡

인생은 이성이 속이는 것보다 더욱 참되다
(광기가 드러낸 것보다 더 비밀스럽고)
잃는 것보다 더 깊은 삶:가진 것보다 더 고귀한
—하지만 아름다움은 삶의 전부보다 더 각별하다

무한을 곱하고 만약에를 제외하면
인류의 가장 위대한 사색들도
단지 피어난 잎사귀 하나에 의해 무효가 된다
(그것의 근사함 너머에는 너머라는 게 없다)

혹은 눈보다 더 자그마한 새가
고요를 올려다보거나 완전하게 노래하기를 배울
수 있나?
미래들은 한물갔다;과거들은 태어나지 않았고
(여기서 무보다 적은 것은 모든 것보다 많다)

죽음은,인간이 그를 부르듯이,그들이 인간이라
부르는 것을 끝낸다
—하지만 아름다움은 죽어 감의 언제보다 좀 더
지금이다

POSTLUDE

life is more true than reason will deceive
(more secret or than madness did reveal)
deeper is life than lose:higher than have
—but beauty is more each than living's all

multiplied with infinity sans if
the mightiest meditations of mankind
cancelled are by one merely opening leaf
(beyond whose nearness there is no beyond)

or does some littler bird than eyes can learn
look up to silence and completely sing?
futures are obsolete;pasts are unborn
(here less than nothing's more than everything)

death,as men call him,ends what they call men
—but beauty is more now than dying's when

24   **염소발**   그리스 신화의 목신 판(pan)과 같은 반인반수의 존재를 연상시킨다.

56   **댕소리가 동이 튼다고 죽지 않듯이**   dingster와 dong 모두 표준 영어에 존재하지 않는 단어들이다. 그러나 커밍스가 표준적인 문법과 어휘 사용을 벗어나 창조적인 언어를 구사할 뿐만 아니라 원문의 놀이적인 소리의 특성을 중요시했다는 점, ding과 dong이 종소리를 의미한다는 점 등에 착안하여 dingster를 '댕소리'로, dong을 '동'으로 번역한다. 더불어 at break of dong은 at the break of dawn을 변형한 것으로 이해하여, '동이 튼다고'로 번역하였다.

286   **아이 큐**   원문은 "eye cue"이며, 직역하면 "눈의 신호"로 번역할 수 있다. 그러나 커밍스는 발음을 활용하여 지능지수를 의미하는 IQ를 의미하고자 했다.

292   **반-죽음**   원문은 "undie"이며, 여기서의 '반'은 죽음을 해제하거나 취소하는 의미로 '반대한다'는 뜻이다.

298   **잉태하라**   첫 행의 "상상하라"와 마지막 행의 "잉태하라"의 원문은 conceive로 동일하지만, 의미상으로 행마다 차이가 있기에 각기 다르게 번역하였다.

334 **차일드** '식당 체인'을 가리킨다.

348 **헬라스** 그리스의 옛 이름이다.

356 **잭 데스** 상자를 열면 장난감 괴물이 튀어나오는 Jack-in-the-box의 잭을 차용하여 죽음과 연관시킨 이름이다.

376 **"저므?을"** 단어를 특정하기 어려운 구절이나 문맥상 '점을 쳐 달라는 소리인가?'라는 의미의 please 발음을 변형한 것으로 이해하여 번역하였다.

408 **신사** 원문은 "jennelman"으로, 커밍스가 신사란 의미의 gentleman을 변형하여 부른 단어다.

410 **아름답따** '아름다운'을 의미하는 beautiful을 변형하여 "beautifool"이라고 썼다.

왕소 '황소'를 의미하는 bull을 변형하여 "bool"이라고 썼다.

412 **황금룰** '황금률'을 의미하는 golden rule을 변형하여 "golden rull"이라고 썼다.

416 **콘** '프랭크 콘(Frank Cohn)'으로 추정된다. 그는 나치 독일에서 태어나 미국으로 도망친 후 미군에 입대한 제2차 세계 대전 참전 용사다.

샘 "gland"로, 인체 및 생물체 내에서 호르몬이나 다른 중요 물질들을 분비하는 생물학적 용어다.

426 **B.V.D에서** 이 연에 등장하는 모든 고유명사는 각각 "the Cluett Shirt, Boston Garter, Spearmint, Arrow Ide, Earl & Wilson Collars, Lydia E. Pinkham, B.V.D."로, 당시 각종 소비재들의 브랜드 이름이다. 커밍스는 이 고유명사들을 통해 미국 사회의 상업주의를 상징하고자 했다.

442 **에디 게스트** 20세기 초 잘 알려진 시인이다. 게스트는 전통적인 형식을 따르며 간결하고 희망적인 메시지를 담아 중산층 독자에게 인기가 많았다.

황무지는 살고 허리선은 죽으며 유사한 영어 발음으로 말놀이를 한

행이기에 히읗 발음을 이용하여 번역했다.

반짝이는 모든 것은 마이크 골드다 셰익스피어의 문장 "All that glitters is not gold"를 풍자하는 시행이며, 마이크 골드는 20세기 초 활동한 이초크 아이작 그래니치(Itzok Isaac Granich)의 필명이다. 골드는 노동계급의 문학과 예술을 옹호했을 뿐만 아니라 미국 공산당을 지지했다.

446   **비인간종이여** 인류(mankind)라는 단어에 부정을 의미하는 'un'이 섞여 있다.

　　　그만바라기를 바라다(wish)라는 단어에 부정을 의미하는 'un'이 결합되어 있다.

448   **담을 좋아하지 않는 무언가가 있다** 로버트 프로스트의 시 「Mending Wall」에 나오는 구절이다.

극단의 조화: E. E. 커밍스의 시 세계

박선아(한국외국어대학교 객원강의교수)

1. 들어가며: 커밍스를 다시 읽는 일

E. E. 커밍스는 난해한 실험성과 특유의 형식미로 유명한 시인이다. 이는 역으로 영문학 과정에서 커밍스를 다뤄 온 방식을 반영하는 설명이기도 하다. 그가 활동했던 모더니즘 시기 문학의 역할이나 지향점이 커밍스를 통해 '실험'과 '형식'으로 정돈되어 왔다는 의미에서 그렇다. 하지만 커밍스는 전 생애에 걸쳐 거의 3,000편에 가까운 시를 썼다. 시인이었지만 그림을 그리기도 했고 시를 썼을 뿐만 아니라 낭송하기도 했다. 실제로 그가 대학에서 시 낭송회를 열 때면 청중이 벽까지 가득 채워졌다고 하니, 그는 시인이자 화가이면서 대중을 사로잡을 줄 아는 꽤 매력적인 아티스트였던 것으로 보인다. 그러니 오늘날 커밍스를 다시 읽고자 한다면, 그 몫은 커밍스의 실험성을 재확인하기보다 다채로운 커밍스의 작품을

아우르며 커밍스 읽기의 시의성을 확보하는 데에 있다고 하겠다.

본 판본은 이러한 문제의식에 기반해 커밍스의 전 생애에 걸쳐 그의 다양한 시 세계를 조망할 수 있는 시들을 주제별로 선별한 리처드 케네디(Richard S. Kennedy)의 편집본에 기대어 있다. 케네디는 E. E. 커밍스 협회(E. E. Cummings Society)의 창립 멤버이자 커밍스의 유일한 전기인 『거울 속 꿈(*Dreams in the Mirror*)』을 쓴 저명한 영문학자로, 그의 연구가 없었더라면 커밍스의 삶이나 작품의 많은 부분이 여전히 모호하게 남아 있었을 것이다. 보다 다채로운 커밍스의 면모를 살필 수 있게 한 그의 연구에 힘입어 본 판본에는 커밍스가 하버드대학 시절 영작시 수업을 위해 중세 시대의 발라드 형식을 모방해 쓴 초기 시편들이나 소네트의 형식을 따르되 내용 면에서는 소네트 전통을 따르지 않는 전복적인 시편들, 해체하고 재구성하는 입체파 및 미래주의적 시각예술 문법을 시 작법으로 전유한 작품들은 물론 알파벳을 마구 흩뜨려 명랑한 언어적 곡예를 보여 주는 독보적인 커밍스식 시편들이 실려 있다. 더불어 헝가리 혁명의 처참한 결과에 대한 외침으로 가득 찬 정치색 짙은 시편들이나 자연의 자연스러움에 대한 워즈워스식 찬사로 가득한 시들, 그의 주변 사람들을 골똘하게 바라보고 이를 시화한 시적 초상과 다름없는 작품들, 사랑과 연애에 대한 솔직한 심경, 인간 혐오적 시선을 견지하면서도 인간의 가능성에 대해 믿음을 저버리지 않았던 양가적인 철학을 보여 주는 시들에 이르기까지 다양한 형식 속에서 여러 주제들이 자유롭게 펼쳐지는 커밍스의 작품 세계를 만나 볼 수 있다.

2. 형식이라는 의미

사실 언어를 다루는 그의 독특한 방식 때문에, 그리고 형식이 곧 의미화임을 함의하는 커밍스의 실험성 짙은 시들 때문에 그의 작품을 연구한 한국 학자들의 논문에서는 더러 시 번역을 배제하는 경우도 있어 왔다. 본 역서는 이 같은 번역 불가능성을 딛고 독자들에게 최대한 그 의미와 실험성을 전달하고자 했다. 예컨대 「o(잎)」과 같은 시는(커밍스의 많은 시에는 제목이 부재하는데, 이 경우에는 첫 행을 제목으로 갈음한다. 그가 에밀리 디킨슨의 전통을 일부 따르고 있다고 볼 수 있을까? 이 질문은 영문학사에서 커밍스의 위치를 새롭게 사유하는 데 유의미한 관점을 선사하기에 유효하다.) 음소를 분리하여 독자가 각자의 통사적 관습에 의거해 문장을 재배치하고 그리하여 각각의 의미를 구성할 수 있게끔 독려한다. 더러는 길을 잃을 것이고, 더러는 시인의 의도에 꼭 들어맞는 읽기가 되겠으나, 본 번역서의 역할이 하나의 독법을 제시하는 것이기에 다음과 같이 번역하였다.

1(a	ㅇ(잎
le	이
af	떨
fa	어
ll	진
s)	다)
one	ㅚ
l	로
iness	움

　이 시를 한마디로 요약하는 것이 가능하다면, 그건 아마도 떨어지는 잎사귀 한 장의 고독감일 것이다. 잎사귀 한 장과 그 한 장의 고독한 낙하를 전달하기 위해 그는 각각의 음소를 분절하여 행을 달리하는 방식으로 배치하였고, 그 결과 문장 구조를 부수어 잎사귀 한 장이 떨어지는 모습을 시각화했다. 낙하하는 잎사귀 한 장의 외로움은 전복적 방식을 택한 창작자의 외로움과 상통하면서 과연 이 번역이 적절한 번역인가 고민하는 번역가의 외로움을 추동하기도 하였으니, 과연 전방위적인 의미 전달에 성공한 작품이 아닌가 싶다.

이 시에서 살필 수 있듯이 「입체파의 해체」편에 실린 총 열세 편의 시는 커밍스가 당대의 새로운 예술 양식에 깊이 감응하고 또 교류하고 있었음을 드러낸다. 커밍스가 제1차 세계 대전 당시 노턴-해리즈 구급차 부대에 자원입대하여 프랑스에 파견되었을 무렵, 그는 당대 유럽에서 융성하던 현대적인 아방가르드 운동을 맞닥뜨리게 되었는데, 현대 발레의 출발점으로 여겨지는 발레 뤼스의 〈페트루슈카〉를 관람하였을 뿐만 아니라 피카소가 무대를 구성했다고 알려진 에릭 사티의 〈파라드〉 초연에도 참석했다. 룩셈부르크 갤러리에 방문하여 입체파의 전조가 된 세잔의 인상주의 작품을 보기도 했고, 고서적상 매대에서는 앙리 마티스의 복제화도 구매했다고 전해진다. 이 모든 새로운 예술적 경향에의 노출이 그의 시작에도 영향을 미쳤을 것이 자명한 터, 커밍스는 언어를 해체하고 또 재구성하는 방식으로 한 가지 작법을 꾸려 갔고 이는 낙하하는 잎사귀의 묘사에서 그치지 않고 도시의 석양(「몸부림치며」), 하늘(「하늘」), 눈송이(「누(」), 자라나는 초록 새싹(「얼마나」), 뛰어오르려는 메뚜기(「ㅣ-ㄱ-ㄷ-ㄷ-ㅜ-ㅓ-ㅣ-ㅁ」), 강렬한 번개의 경험(「ㅈ(ㅣ)금 어떻게」), 안개 어린 새벽녘(「마치 마」), 스트립쇼 댄서(「그 녀는뻣뻣」), 멀어져 가는 새소리(「새들은(여기서,발명해」), 교회의 종소리(「종이여?시」)와 같이 다양한 시에서 시도되었다.

3. 순수와 낙관의 재해석

하지만 커밍스에게 오늘날과 같은 명성을 가져다준 이 형식적 전위성만이 커밍스를 구성하는 것은 아니다. 케네디는 본 선집의 가장 첫 번째 장인 「Ⅰ. 아이의 세계」를 「순수의 날들」과 「어른의 동요」로 구성하였는데, 얼핏 블레이크를 떠올리게 하는 이러한 구성은 그가 영미시의 전통 속에서 논의되어 온 보편적 심상을 충실히 따르는 온건한 모습 또한 지니고 있었음을 반영한다(그도 그럴 것이 그는 하버드대에서 고전문학을 전공했다). 예컨대 "심장이 어둠이어서 입을 열지 않는 사람들,/ 작은 순수가 그들을 노래하게 만든다;/ 보는 법을 배우지 못한 그들에게 보는 법을 가르친다/ (⋯) / 작은 순수가 하루를 창조한다"와 같은 구절에서는 블레이크의 「순수의 노래」가 그려 내는 순수에의 지향을 여실히 담아낸다. "어둠"의 심장을 가진 사람들이 블레이크적 "경험"이라면, 이들을 "노래하게 만"들고 "보는 법을 가르"치는 이들은 "작은 순수"다.

이 "작은 순수"는 한편으로는 그의 행복하고 풍요롭던 유년기가 녹아 있는 상징으로 작동하는데, 그는 부모와 여동생, 두 할머니, 그리고 가족처럼 여긴 두 하인과 흑인 잡부가 있는 널찍한 주택에서 많은 사랑을 받으며 살았다. 아버지인 에드워드 커밍스는 유니테리언 목사이자 전 하버드대학 교수로 어린 커밍스에게 많은 시간을 할애했는데, 아들을 데리고 보스톡의 동물 박람회, 폴포와 셀즈 형제의 서커스, 버펄로 빌의 대서부쇼

등에 갔고, 나무 위에 작은 스토브가 있는 집을 지어 커밍스와 동네 아이들이 거기서 팝콘을 만들거나 마시멜로를 구워 먹을 수 있게 해 주기도 했다. 여름이면 커밍스의 가족은 뉴햄프셔주 실버레이크 지역에 있는 조이팜에서 더없이 행복한 계절을 보냈는데, 거기서 커밍스의 아버지는 아들에게 목공예를 가르쳐 주거나 자연에 대한 이야기를 들려주기도 했다. 커밍스의 어머니인 리베카 커밍스는 커밍스가 당시 계관시인을 지낸 롱펠로와 같은 시인이 되기를 바라며 당대 작가들이었던 월터 스콧, 찰스 디킨스, 로버트 루이스 스티븐슨 등을 읽어 주었으며, 그가 일기를 쓰도록, 시를 쓰도록 격려하기도 했다. 이처럼 더없는 가정의 지지와 행복했던 유년기가 커밍스의 전작에 걸쳐 녹아 있고, 이것이 그로 하여금 경험의 세계 속에서 순수를 지닐 것을 거듭 강조하게 만들었다. 하버드대 영작시 수업에서 자유시를 연습함으로써 시작된 그 유명한 시 「이제 막-」과 1919년도 말라르메를 모방하여 시도한 산문시 「이 거리의 끝에서 숨을 헐떡거리는 오르간이 좀먹은 선율을 연주하고 있다」와 같이 형식적 전위성을 지닌 시들 속에서도 그는 자신이 언제나 아이들과 심지어 동물들과도 동일시할 수 있다는 순수에의 지향을 여실히 보여 준다.

이런 목가적 정서를 가능하게 했던 데에는 어린 시절 경험한 자연환경이 큰 역할을 했을 터, 두 번째 장인 「Ⅱ. 달콤하고 자연스러운 지구」에서는 자연에 대한 커밍스의 기민한 시선이 돋보인다. 워즈워스식 자연 예찬을 떠올리게 하는 이 장에는 조이팜에서의 경험과 성찰들이 깊이 녹아 있는데, 계절의 리듬감이 고스란히 담긴 이 장의 시들, 특히 「봄 전능한 여신이여」에 실린 여섯 편의 시들은 뉴잉글랜드의 혹독한 겨울이 끝나고 봄이 다가올 무렵에 시인이 느낄 법했던 환희가 고스란히 실려 있다.

> 봄 전능한 여신이여 그대는
> 방심하는 왕풍뎅이와 까부는 지렁이들을
> 구슬려 인도를 건너게 하고
> 그의 연인에게 수고양이 뮤지컬
> 세레나데를 부르도록 설득한다,그대
> 제멋대로 자라고 여드름투성이 기사와
> 껌을 씹으며 까르륵거리는 소녀들로
> 공원을 꽉꽉 채웠으면서도 만족하지 않았지
> 봄,이것들로
> 그대는 창가에 카나리아-새를 걸어 두었네

이 시에서 드러나는 "봄"에 대한 그의 심상은 더없이 낙관적이다. 이 시가 1923년에 발간된 그의 첫 시집 『튤립과 굴뚝』에 실린 작품이라는 점을 염두에 둔다면 이 천진함은 더욱 두드러지는데, 직전 해인 1922년은 영문학사의 사건이라고도 볼 수 있는 엘리엇의 『황무지』가 발표된 해였기 때문이다. 두 작가가 활발하게 교류했다는 기록은 없지만 두 작가 모두 잡지 『다이

얼』을 통해 작품을 발표하는 등 활발히 활동한 당대 문인이었음을 염두에 둔다면 커밍스가 엘리엇의 「황무지」를 몰랐을 리 없을 터, 엘리엇이 현대 문명의 붕괴와 전후의 황량함을 기능하지 않는 봄에 빗댄 데 비해 커밍스의 봄을 바라보는 시선은 한편으로 나이브하게까지 느껴진다. 그에게 "봄"은 "전능한 여신"과도 같이 만물이 생동하고 연인들이 서로의 사랑을 발견할 수 있게 하며, 고요를 소란으로 바꿔 내는 막연한 숭배의 대상이었기 때문이다. 그뿐만 아니라 봄은 "세상을 뒤흔드는" 발소리를 내는 모든 것을 가능하게 하는 무한한 가능성의 계절로 표상되었고, "모든 것을/ 수리하는 이"로서 재생력의 근원으로 묘사되기도 했다. 그에게 매만지는 "손"인 봄은 엉망인 주변을 다시 정돈하며 "아무것도 망가뜨리지 않는" 더없는 생의 기운으로 그려진 것이다.

하지만 클리셰처럼 느껴질 봄에 대한 이러한 추앙은 커밍스의 나이브함을 드러내기보다는 어쩌면 피정의 공간으로서의 봄을 갈구하는 또 다른 절박함의 표현일지도 모르겠다. 성인이 되고 1926년 아버지가 돌아가신 이후에도 커밍스는 매년 5월에서 10월까지는 조이팜에서 계속 지냈고 제2차 세계 대전 이후에는 뉴욕이 생기 있는 도시에서 인구가 과도하게 밀집되고 교통체증이 심한 혼잡한 도시로 변모해 가는 과정 속에서 조이팜을 자주 찾았다. 그곳에서 커밍스는 탐조를 하기도 했고 로저 토리 피터슨의 가이드북을 닳도록 읽기도 했으며, 세잔이 생빅투아르산을 그린 것만큼 초코루아산을 자주 그렸다. 그러

니 이곳에서 명금, 매, 얼룩다람쥐, 나비, 석양, 월출, 안개 긴 새
벽을 마주하고 만물과 어우러지는 계절의 변화를 목도한 것은
그 겨울이 얼마나 "추"하든, 얼마나 "부패"해 있든지 간에 "꽃
의 작은 칼날들이/ (…) 두터운 고요를" 썰어 내는 소리를 듣게
되는, 결국 커밍스로 하여금 모든 것이 무너져 내려도 결코 사
라지지 않을 유일한 힘을 목격하게 했던 것이다.

4. 인간과 사랑의 초상

자연을 주시한 만큼 커밍스는 인간 사회에 대해 끝없이 썼다.
가족과 같은 주변인들은 물론 버펄로 빌과 같은 상징적 인물에
이르기까지 자신의 관찰과 인상을 바탕으로 한 여러 시를 썼는
데, 그중 몇 편이 「IV. 초상」에 담겨 있다. 「IV. 초상」 장의 첫 번
째 시는 "케임브리지 숙녀들"에 대한 집단 초상을 시화한 작품
으로, 이 시에서 커밍스는 일련의 여성들의 정신을 낡고 어울
리지 않는 사물들로 채워져 있는 임대방처럼 묘사한다. 그에게
이 숙녀들은 "너무도 많은 것에 관심을 갖고 있"어서 자연의 아
름다움을 감상하는 능력이란 없고 그저 아무도 먹지 않을 디저
트를 "라벤더색" 상자 안에 모아 두기만 하는 피상적 속물이다.
하지만 모든 인물을 이처럼 비평적으로만 본 것은 아니고, 자
신의 어머니는 "검붉은 장미 천국"을 온전히 가질 수 있을 만큼
경건한 존재로 묘사했다. 그리고 아버지에 대해서는 "그의 영

혼을 살았고/ 사랑은 전부였고 그 모든 것 이상이었으니"라 쓰며 세계 곳곳을 자기 식으로 누비는 강인한 개별자로서 그려내기도 했다.

「IV. 초상」장에서 무엇보다 눈에 띄는 시는 샘 워드(Sam Ward)에 대한 비가인데, 그는 겨울이면 조이팜을 돌봐 주고 여름이면 온갖 수리를 도맡은 뉴햄프셔주의 잡부였다. 글을 거의 읽고 쓰지 못하고 할 말만 하는 사람이었지만, 단단한 인성을 가져서 강인하고 고유한 개인으로서 커밍스가 소중하게 평가한 인물이다. 커밍스는 샘의 말들을 솜씨 있게 시 속에 녹여 내면서 삶에 무엇이 찾아오든 삶으로 수용할 줄 안 샘의 태도를 기리고자 했다. 그는 샘을 "마음이 넓었어요/ 악마나 천사를/ 위한 공간을 모두 품을 만큼/ 완벽하진 않았어도"라 추모했고, 그가 "활짝 웃음을 웃었고/ 자신의 일을 마치곤/ 자신을 눕혔죠.// 잘 자요"라며 마지막 인사를 건넨다.

「V. 사랑과 사랑의 신비」장에는 커밍스의 연애사가 담겨 있는데, 그는 일생 세 명의 아름다운 여성과 결혼했고, 대부분 이들에게 사랑시를 헌정했다. 「오 독특한」이 전통적인 음유시와 차별화하기 위해 정말이지 "독특한" 사랑의 감정을 풀어쓴 시라면, 「연인이여 정말,그림같은,마지막 날에」는 지옥에서의 최후 심판을 받을지언정 연인의 사랑이 있다면 고통도 마다하지 않겠다는 강렬한 감정을, 「불안하고 기만적이고 밝은 기억의」는 그의 첫 번째 아내였던 일레인이 바다 건너 떨어져 있어 느꼈던 갈망과 그리움을 그린다. 그런가 하면 앤 바턴에게 바치는

헌시 「내가 한 번도 여행해 본 적 없는 어딘가,어떤」과 같이 강렬하면서도 조심스러운 섬세한 사랑시를 쓰기도 했다.

> 내가 한 번도 여행해 본 적 없는 어딘가,어떤
> 경험 너머에 있는 그곳,당신의 눈은 그곳의 고요를 지녔다:
> 당신의 가장 유약한 몸짓 속에는 나를 에워싸는 것들이,
> 너무 가까이 있어 내가 손댈 수 없는 것들이 있다

이처럼 손끝을 대는 것도 조심스러워 보이는 연애시들이 있는 반면, 커밍스는 성적 행위에 대한 솔직한 찬사를 그린 에로틱한 시들로도 유명했다. 「VI. 함께물드는 순간을 얻기」에 실린 시들이 그러한데, 그는 이 시들이 포르노그래피로 전락하는 것을 막고자 말놀이, 암시, 패러디, 은유, 적극적인 행간의 사용, 비튼 형식 등 많은 재치와 기술을 동원했고, 어떤 시는 페트라르카 이후의 사랑시에서 쓰여 왔던 소네트 형식의 연 배열을 그대로 따르면서 정통성을 추구하는 방식으로 에로틱한 시의 톤을 흩뜨리고자 했다. 이러한 기질은 평범한 젊은 청년의 성적 호기심을 인지하면서도 매사추세츠주 케임브리지의 억압적인 청교도주의하에서 자란 목사의 아들로서 터부시되는 주제를 비껴가려는 기교에서 비롯한 것으로 보인다. 같은 맥락에서 「VII. 키티, 미미, 마르지와 친구들」장은 그가 프랑스에 파견되었을 때 관계를 맺은 매춘부들을 관찰하며 쓴 시들인데, 케네디에 의하면 커밍스는 성적으로 방종한 사람도 아니었고 매

춘을 즐긴 사람도 아니었지만, 프랑스에서의 모험 이후 그리니 치빌리지에서 살며 그들에 대해 많은 것을 알고 있었다고 한다. 성매매에 대해 쓴 이러한 시 속에서 커밍스는 동시대 시인들에게 충격을 주는 인습타파적인 태도를 취하는 것과 아버지의 보스턴-케임브리지적 세계를 교란하는 것을 즐겼던 것으로 보인다.

5. 철학과 풍자

상술한 시편들에서 부분적으로나마 조망할 수 있던 커밍스의 철학은 「Ⅷ. 인간의 차원」장에서 보다 총체적으로 드러난다. 커밍스는 이성적 사유보다 느끼는 것이 훨씬 주요함을 강조했는데, 그는 살아 있는 상태가 고양된 감정적 강도로 사는 것이고, 역으로 그냥 존재하는 것은 죽은 상태와 다름없다고 주장했다. 하지만 커밍스답게 이를 시행 내에 풀어쓰기보다 살아 있음의 상태를 동사로, 죽어 있음을 명사로 연관 짓는 실험을 했다. 그는 즉흥성을, 창의성을, 삶의 많은 임무에 온 마음으로 참여하는 것을, 그리고 무엇이든 새롭고 낯선 것, 인공적인 것보다는 자연적인 것에 지속적으로 기민하기를 중요하게 여겼다. 이러한 철학은 그가 프랑스 보안 경찰에 체포되었다가 현지 감옥에서의 경험을 책으로 낸 『거대한 방』의 9장에서부터 기술되어 있는 것으로, 개인 철학을 문법적 은유로 구사하는 일에 일찍이 착수한 것과 다름없다.

어떤 것들은 그저 그것들을 느끼는 것을 멈추지 않기 때문
이라는 단순한 이유로 믿을 수 없는 것들이 있다. 이런 종
류의 것들은―언제나 우리 내면에 있는 것들이고 실은 우
리들이며 그 결과 우리가 그것들에 대해서 생각하기 시작
할 수 있을 만큼 밀쳐 내거나 멀리하거나 할 수 없는 것
들―더 이상 사물이 아니다;그것들은,그리고 곧 그들인 우
리는,하나의 동사며;하나의 – 존재하기(IS)다.

말하자면 이것은 커밍스의 낭만주의적 인생관을 드러낸다.
이성보다 감정을 선호하고, 그 모든 복잡함을 지닌 문명화된
삶보다 자연스러운 삶을 선호하며, 세련된 성인보다 때 묻지
않은 아이의 순수함을, 측정할 수 있는 것보다는 감각할 수 있
는 것을, 확실성보다는 미스터리함을, 과학보다는 시를 선호하
는 것. 그는 자신의 내적 자아에 의해 인도되어 이러한 빛을 따
라 사는 사람만이 독창적이며, 나아가 사회나 국가, 종교의 정
통성이 요구하는 것에 순응하거나 자신의 개별적 독창성을 잃
을지도 모르는 그 모든 집단을, 정당을, 협회를 피해야만 한다
고 주장했다.

그런 면에서 「XI.풍자의 대상들」 장엔 그가 비-인간적이라
고 여기는 모든 것을 다양한 방식으로 풍자한 시편들이 담겨
있다. 여기엔 전쟁이 포함되어 있다. 애국으로 포장한 전쟁 미

화는 커밍스가 지속적으로 풍자의 대상으로 삼는 주제였는데, 그는 미국이 자유유럽방송을 통해 동유럽의 해방운동을 독려하였음에도 미국 정부가 헝가리를 돕는 그 무엇도 하지 않고 심지어 UN의 비밀회의에서도 말뿐인 항의밖에 하지 않았던 것에 엄청나게 분노했다. 그 결과가 시 「추수감사절(1956)」이다. 그뿐만 아니라 커밍스는 정치인들을 단순히 자신들의 정책을 판매하고 성공을 위해서라면 어떤 방법이든 비굴해질 수 있는 세일즈맨에 불과하다고 보았다. 윌슨에서 케네디에 이르는 미국의 모든 대통령은 여러 풍자의 대상이 되었는데, 그중 특히 강력한 예가 「F는 태아에 들어가지」로 「XI .풍자의 대상들」장안의 「정치」 편에 포함되어 있다. [이 시 속에서 흩어져 있는 대문자들은 FDR(Franklin Delano Roosevelt)를 풀어쓴 것이다.] 개별성을 좇고 집단주의에 반발하는 그의 성향을 염두에 두었을 때 커밍스가 코뮤니즘에 반대한 것 또한 놀랍지 않다. 하지만 이는 이데올로기적 취향의 문제라기보다는 1931년 러시아를 여행했을 당시 소비에트 경찰의 행태가 인간에게 미칠 법한 영향을 직접 목격한 이래로 특별한 이유를 갖고 코뮤니즘을 증오한 경우에 가깝다. 당시 이곳을 방문하고 쓴 그의 일기는 책 『에이미』로 출간되었는데, 이 작품은 커밍스의 산문들 중 정치풍자에서는 가장 획기적이다. 커밍스답게 이 모든 풍자는 그가 구사할 수 있는 거의 모든 형식을 통해 이루어졌다. 욕설은 물론 조롱, 벌레스크, 모방, 패러디, 역할극, 반어법 등 거의 모든 종류의 언어유희를 사용했고, 애국가나 대중가요, 광고 슬로

건, 문학 작품이나 작가, 라틴어 구절들, 속담들, 그리고 자장가들을 비틀고 또 다시 썼다.

6. 나가며

이토록 역동적이었던 커밍스의 시 세계는 말년에 이르러 이 모든 것이 자연적 과정의 일부임을 받아들이는 것, 즉, 존재하는 일의 신비로움 속으로 점차 녹아 들어가는 순응의 태도를 보여 준다. 물론 힘을 잃어 가는 노년기의 회한을 표현하는 시들도 있다. 시 「낭비함을 관대한으로 보아라」에서 느껴지는 어떤 무력감이 그 예다. 하지만 그의 유년기와 청년기를 채색한 낙관주의가 죽음과 사후 세계에 대한 성찰에 영향을 미치는 모습을 놓쳐서는 안 된다. 「모든 근사함이 멈춘다,그동안 별 하나가 자란다」에서 보여 주는 태도나 "한 세상이 끝나면 시작이 (보기?)시작할 것이라네"라는 시행, 그리고 마침내 "봄을 꿈꾸기 위해서" 자리에 눕는 모습에선 한 세상을 여러 모습으로 그려 보려 한 한 예술가의 단정한 결의가 느껴진다.

지금까지 살펴본 커밍스의 시 세계에서 양가성은 그 자체로 주요한 주제다. 그렇다면 상반된 요소들, 즉 형식적 실험성과 인간적 감수성, 자연과 도시, 사랑과 인간 혐오 등의 주제들을 아우르는 그의 작품 세계 내부의 양가성 자체가 오늘날 커밍스를 읽는 의의를 제시한다고 볼 수 있지 않을까. 예를 들어, 커밍스의 시는 자연의 아름다움과 도시의 소음, 그리고 이 둘 사이의 긴장감을 동시에 그려 내며 독자에게 공존하는 두 세계의 미묘한 조화를 느끼게 한다. 사랑과 인간 혐오를 동시에 탐구하는 그의 시는 한편으로 깊은 애정을, 다른 한편으로 인간 본성에 대한 냉소적 시각을 보여 주기도 한다. 이러한 이중적 접근은 커밍스의 시를 더욱 풍부하고 다층적으로 만들어 주며, 과거는 물론 오늘날에 이르기까지 독자로 하여금 그의 작품을 통해 끊임없이 새로운 통찰을 얻도록 한다. 그러니 커밍스의 시를 오늘날 다시 읽는 일은 단순히 문학적 실험을 넘어 인간 경험의 복잡성과 모순을 포착하기에, 즉 실험적 형식을 통해 전통적 시의 구조를 해체하면서도 그 안에 깊은 감정과 인간적 이야기를 담아내려 했기에 그 의의가 있다.

마지막으로 본 시집에서 자유롭게 사용되고 있는 고딕체와 드러냄표(˙) 처리에 대한 설명을 덧붙이고자 한다. 원문에서 영문법상 대문자로 처리되는 부분이 소문자로 처리되었다면 번역서에서는 드러냄표(˙)를 찍고, 영문법상 소문자로 처리되어야 하는 부분이 대문자로 쓰여 있다면 고딕체로 표기했다. 하지만 이러한 기준이 시집 전체를 지배하는 것은 아니어서, 본 역서는 고민 끝에 시편마다 각 시의 내부 메커니즘을 따르기로 했다. 대문자가 하나도 쓰이지 않은 시라면 (예컨대 「매기와 밀리와 몰리와 메이가」) 아무 표기도 하지 않았다. 마치 대문자가 원래부터 없었던 것 같은 시 내부의 잠재적 문법을 일

부러 드러내지 않으려는 시도였다. 하지만 표준 영문법이 마구 변형되고 혼재되어 있는 시에서는 그 혼란과 의도를 가시화해야 한다는 의미로 상술한 기준을 적용했다. 번역에 정답은 없을 것이지만, 충실하고도 자유롭게 커밍스의 의도를 반영해 보려 했다. 이 모든 고민 또한 커밍스의 시 선집이 새롭게 번역되는 데에 의미 있는 질문이 되리라 믿는다.

판본 소개

E. E. 커밍스는 사후 발간된 마지막 시집에 이르기까지 3,000편에 가까운 시를 쓴 것으로 알려져 있다. 본 판본은 커밍스의 전기 작가인 리처드 S. 케네디가 커밍스의 문학적 특징들에 기반해 섬세하게 선별한 156편의 시를 열두 장으로 묶어 편찬한 선집이다. E. E. 커밍스 탄생 100주년이었던 1994년에 발간되었다.

Cummings, E. E., *Selected Poems*, edited by Richard S. Kennedy, Liveright, 1994

E. E. 커밍스 연보

1894   10월 14일 매사추세츠주 케임브리지에서 에드워드 커밍스와 리베
       카 하스웰 클라크의 아들로 태어남

1907~1911   케임브리지 라틴학교에서 대학 진학을 준비

1911~1915   하버드대학에서 수학. 그리스문학과 영문학에서 '마그나 쿰
           라우데(Magna cum laude)'로 문학 학사 학위 취득

1916   하버드대학 석사 학위 취득. 여름과 가을 동안 부모 집에서 거주하
       며 구두점 삭제, 대문자 활용, 급진적인 줄바꿈, 비표준적인 간격 생
       성 등의 자유시 형식을 재구상하기 시작함

1917   뉴욕으로 이주. 4월 7일 노턴-해리즈 구급차 부대에 자원입대한
       후 4월 28일 프랑스로 출항. 5주 뒤인 6월 13일 서부 전선으로 보
       내지고, 9월 23일 스파이 혐의로 프랑스 보안 경찰에 체포되었다
       가 12월 19일 미국 복귀를 위해 석방됨. 다른 시인들과 공동으로
       참여한 시집 『여덟 하버드 시인들(Eight Harvard Poets)』 출간

1918   7월 징집된 후 8월부터 매사추세츠주 데븐스 캠프의 제73보병사단
       에서 6개월간 복무

1919   스코필드 세이어(Scofield Thayer)의 부인이었던 일레인 세이어/일
       레인 오르(Elaine Orr)와의 연애. 12월 20일 딸 낸시가 태어남

1920	잡지 『다이얼』에 여러 달에 거쳐 열두 편의 시, 한 편의 기사, 그리고 T. S. 엘리엇의 시집 리뷰를 게재함
1922	프랑스 감옥에서의 경험을 책으로 정리한 『거대한 방(*The Enormous Room*)』 출간
1923	첫 시집 『튤립과 굴뚝(*Tulips and Chimneys*)』 출간
1924	일레인 오르와 결혼. 제임스 시블리 왓슨이 뉴욕의 4 패친 플레이스에 위치한 스튜디오 3층에서 커밍스가 작업할 수 있게 함. 같은 해 12월 일레인 오르와 이혼함
1925	시집 『XLI 시편들(*XLI Poems*)』과 『&』 출간. 7월 앤 바턴(Anne Barton)과 연애 시작
1926	시집 『is 5』 출간. 3월 앤과 함께 유럽으로 항해. 11월 커밍스의 아버지가 눈보라 속에서 차가 기차에 부딪히는 사고로 사망, 어머니는 부상을 입었지만 생존함
1927	3막으로 이루어진 희곡 『그(*HIM*)』 발표
1928	연극 〈그〉 제작
1929	5월 앤 바턴과 결혼한 뒤 7월까지 유럽에서 신혼여행을 보냄
1931	시집 『비바(*ViVa*)』와 회화 작품집 『*CIOPW*』 출간. 5월 10일부터 6월 14일까지 러시아 여행. 12월 갤러리에서 첫 전시회 개최
1932	앤 바턴과 별거를 시작하고 훗날 그와 평생을 함께하는 매리언 모어하우스(Marion Morehouse)를 만남
1933	러시아 여행을 정리한 『에이미(*EIMI*)』 출간. 구겐하임 펠로십 수상
1934	앤 바턴과 이혼
1935	게재를 거절당한 시들만 묶은 『아니요, 됐습니다(*No Thanks*)』 발간. 베닝턴 칼리지에서 첫 대중 낭송회를 가짐
1938	『시 선집(새로운 시들)(*Collected Poems*)』 출간
1939	시어도어 스펜서의 권유로 하버드대학에서 시 낭독회 개최. 5월에는 에즈라 파운드를 초대한 뒤, "그가 믿을 수 없을 만큼 외로워 보였다"고 평하며 "반유대주의로 아침부터 아침까지 입안을 헹구는

것으로는 인간의 목구멍이 노래하게 만들 수는 없더라"라는 말을
남김

1940   시집『50편의 시(*50 Poems*)』출간

1944   시집『*1×1*』출간. 미국-영국 아트센터에서 개인 회화 전시회 개최

1946   희곡『산타클로스(*Santa Claus: A Morality*)』출간

1947   1월 어머니 사망

1948   딸 낸시와 재회. 낸시는 커밍스가 아버지라는 것을 처음으로 알게 됨

1949   미국-영국 아트센터에서 개인 전시회 개최. 10월 20일에 92번가
       Y에서 낭독회 개최

1950   시집『*XAIPE*』출간. 잡지『포에트리』가 선정한 해리엇 먼로 상 수
       상. 로체스터 메모리얼 아트 갤러리에서 개인 전시회 개최. 주로 대
       학에서 정기적인 대중 시 낭독회를 시작함

1951   두 번째 구겐하임 펠로십 수상. 파리, 베네치아, 피렌체, 아테네 등
       지를 여행

1952~1953   하버드에서 〈찰스 엘리엇 노턴 강의〉를 진행하고, 이것이
       1953년에『이것은 시를 위한 강의가 아니다(*i—six nonlectures*)』
       로 출간됨

1954   『시편들: 1923~1954(*Poems, 1923~1954*)』출간

1956   스페인과 이탈리아 여행

1957   보스턴 아트 페스티벌 시인으로 선정되어 논쟁적인 시「추수감사
       절(1956)」낭독함

1958   『95편의 시(*95 Poems*)』출간. 볼링겐 상 수상

1959~1960   아일랜드, 시칠리아, 이탈리아, 그리스 등지 여행

1962   모어하우스가 사진과 커밍스의 글을 담은『가치에의 모험
       (*Adventures in Value*)』발간. 9월 2일에 유년기를 보낸 조이팜에
       서 나무를 자르다가 뇌졸중 발병. 9월 3일 뉴햄프셔주 콘웨이에서
       사망

새롭게 을유세계문학전집을 펴내며

을유문화사는 이미 지난 1959년부터 국내 최초로 세계문학전집을 출간한 바 있습니다. 이번에 을유세계문학전집을 완전히 새롭게 마련하게 된 것은 우리가 직면한 문화적 상황에 적극적으로 대응하기 위해서입니다. 새로운 을유세계문학전집은 세계문학의 역할이 그 어느 때보다 중요해졌다는 인식에서 출발했습니다. 오늘날 세계에서 타자에 대한 이해는 우리의 안전과 행복에 직결되고 있습니다. 세계문학은 지구상의 다양한 문화들이 평등하게 소통하고, 이질적인 구성원들이 평화롭게 공존할 수 있는 문화적인 힘을 길러 줍니다.

을유세계문학전집은 세계문학을 통해 우리가 이런 힘을 길러 나가야 한다는 믿음으로 만들어졌습니다. 지난 5년간 이를 준비하기 위해 많은 노력을 기울였습니다. 세계 각국의 다양한 삶의 방식과 문화적 성취가 살아 있는 작품들, 새로운 번역이 필요한 고전들과 새롭게 소개해야 할 우리 시대의 작품들을 선정했습니다. 우리나라 최고의 역자들이 이들 작품 속 한 문장 한 문장의 숨결을 생생히 전하기 위해 심혈을 기울였습니다. 또한 역자들은 단순히 번역만 한 것이 아니라 다른 작품의 번역을 꼼꼼히 검토해 주었습니다. 을유세계문학전집은 번역된 작품 하나하나가 정본(定本)으로 인정받고 대우받을 수 있도록 최선을 다했습니다. 세계문학이 여러 경계를 넘어 우리 사회 안에서 주어진 소임을 하게 되기를 바라며 을유세계문학전집을 내놓습니다.

을유세계문학전집 편집위원단(가나다 순)

김월회(서울대 중문과 교수)

김헌(서울대 인문학연구원 교수)

박종소(서울대 노문과 교수)

손영주(서울대 영문과 교수)

신정환(한국외대 스페인어통번역학과 교수)

정지용(성균관대 프랑스어문학과 교수)

최윤영(서울대 독문과 교수)

을유세계문학전집

을유세계문학전집은 계속 출간됩니다.

을유세계문학전집 연표